세상에서 제일 좋은 형

교과연계
초등도덕 5학년 5단원 갈등을 해결하는 지혜
초등도덕 6학년 4단원 공정한 생활
중등과학 1학년 3단원 생물의 다양성(미래엔)
중등도덕 1학년 4단원 자연, 생명, 과학, 문화와 도덕(천재)

청소년 권장 도서 시리즈 11

세상에서 제일 좋은 형

2023년 10월 27일 초판 1쇄

글 김백신   그림 양은아
펴낸이 김숙분   디자인 김은혜·김바라   홍보·마케팅 최태수
펴낸 곳 (주)도서출판 가문비   출판등록 제 300-2005-60호
주소 (06732) 서울 서초구 서운로 19, 1711호(서초동, 서초월드오피스텔)
전화 02)587-4244~5   팩스 02)587-4246   이메일 gamoonbee21@naver.com
홈페이지 www.gamoonbee.com   블로그 blog.naver.com/gamoonbee21/
제조국 대한민국   사용 연령 10세 이상
주의 사항 종이에 베이거나 긁히지 않게 조심하세요.

ISBN 978-89-6902-638-5 43810

ⓒ 2023 김백신

세상에서
제일 좋은 형

김백신 글 양은아 그림

가문비
틴틴북스

　어렸을 때, 병아리를 키운 적이 있어요. 학교 앞에서 파는 노란 병아리를 보자, 울며불며 엄마를 졸랐죠. 그렇게 겨우 허락받은 병아리를 나는 손에서 내려놓을 수가 없었어요. 엄마가 말렸지만, 나는 종일 병아리와 눈 맞춤을 하느라 밥도 제대로 먹지 못했어요.

　다음 날, 병아리를 안고 공원으로 갔어요. 친구들에게 자랑할 속셈이었죠. 그런데 내 앞으로 자전거가 달려오는 거예요. 그걸 피하려다 발목을 삐끗, 그만 앞으로 넘어졌죠. 순간 병아리 상자는 저만큼 내동댕이쳐졌고 놀란 나는 엉금엉금 병아리에게로 기어갔어요. 아아! 그런데 병아리는 눈을 감고 있었어요. 흔들어 보았지만 꼼짝하지 않았어요. 병아리야 아리야! 눈 좀 떠 봐. 제발 제발! 아무리 소리쳐도 소용없었어요.

한 열흘 울고 다녔나 봐요. 엄마는 병아리를 다시 사 주신다고 했지만, 도리도리. 나는 오직 그 병아리를 살려 달라고 애원했죠. 그래서 그랬을 거예요. 그 후, 나는 잠자리 한 마리도 잡지 못했어요. 그 어떤 동물과도 가까이 지내지 못했죠. 어른이 되어서 알았어요. 동물 친구가 생기는 건 행복한 일이지만, 그만한 크기의 희생도 할 줄 알아야 한다는 것을요.

이제부터 나는 고양이 똣또의 이야기를 하려고 해요. 똣또 입장에서, 고양이처럼 이야기하려고 해요. 오늘은 여러분이 고양이의 언니 오빠가 되어 주세요. 그리고 지혜로운 또롱이와 진실한 똣또의 이야기에 '쫑긋' 귀를 세워 주세요.

김백신

차례

1. 백 번 들은 말 9

2. 내 집으로 접수했다 18

3. 가족 27

4. 창밖의 세상으로 39

5. 아빠! 보고 싶었어 51

6. 돌아온 또롱이 62

7. 즐거운 나의 집 72

8. 세상에서 제일 좋은 형 83

9. 나는 형을 믿어 93

10. 또롱이와 똣또 105

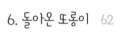

1. 백 번 들은 말

"우쭈쭈, 잘 먹네."

밥을 먹으려는데, 형이 내 머리를 마구 긁었다.

'먹을 땐 좀 가만두지.'

얼음땡 놀이하는 것처럼, 나는 밥그릇에 입을 댄 채 움직이지 않았다. 형이 내 머리에서 손을 떼기를 기다리는 거다.

먹을 때는 개도 안 건드린다는 말을 해 주고 싶다. 그 말을 어디서 배웠냐고? 요즘 고양이에게 그 정도는 상식이다. 문제는 형이 그걸 모른다는 거다. 보자 보자 하니 못된 버릇이 점점 심해진다.

"아, 쫌!"

나는 고개를 들고 형을 째려보았다. 그제야 "어쭈!" 하면서 손

을 뗐다. 하지만 다시 손바닥으로 내 머리털을 마구 헝클어 놓는
다.

밥그릇 앞에 놓고 털 날리는 게 싫어 참으려고 했는데, 나도 모
르게 부르르 몸을 털었다. 형이 한마디 했다.

"흙구덩이에 빠져 낑낑대고 있는 걸 데려왔더니? 인마. 내가
네 생명의 은인이라고!"

"생명의 은인?"

그 말을 나는 백 번도 더 들었다. 입맛이 뚝 떨어졌다.

"끄응! 나, 밥 안 먹엉!"

다시는 그러지 말라는 뜻으로 형을 째려봤다.

"알았어, 알았어."

형이 굽신거렸지만, 나는 화난 표정을 지으며 휙 돌아섰다. 하
지만 배에서 쪼르륵 소리가 났다.

"냠냠 안 먹냐?"

형이 소리쳤다. 나도 모르게 그 자리에 멈췄다. 얼른 돌아가 밥
을 먹고 싶었지만, 못 들은 척 창가로 갔다.

"인냐~호냐옹!"

창밖에서 이상한 소리가 났다. 귀를 세우고 집중하니, 소리가

멈추었다.

　괜히 화가 났다. 형의 사주를 받은 녀석이 '진짜 배 안 고프냐?'
하고 약을 올리는 것 같았다. 두고 봐라. 앞으로 형이 볼 때는 절
대로 밥 안 먹을 거다.

　"똣또! 이리 와. 안 할게."

　"뭐?"

　내 이름은 수인이다. 형이 자기 이름 '수현'에서 앞 글자 '수'를

따와 지어 주었다. 그런데 왜 갑자기 형 마음대로 이름을 바꿔 부르는 거지?

"안 그럴게. 똣또."

형이 가운뎃손가락으로 땅바닥을 톡톡 치면서 말했다.

'밥 말고, 이름!'

지금 내가 형을 쳐다보는 이유는 밥이 아니라 이름 때문이라고 말해 주는 거다. 하지만 말로는 수다쟁이 형을 이길 수 없다. 게다가 부르는 사람이 굳이 나를 '똣또'라고 하겠다면 그도 말릴 방법이 없다. 밥도 주고 똥도 치워 주는 형이니까, 그래, 내가 봐준다. 인심 쓴다.

"고양이나 키우고 살면 좋겠다. 너 밥 먹는 것만 봐도 좋은데, 난 어떡하냐?"

형이 중얼거렸다.

'밥 먹으라더니, 이건 무슨 소리야?'

이상했다. 형의 얼굴이 슬퍼 보였다. 나와 관계된 거면 도와줄 수 있을 텐데, 형은 내 말에 귀를 기울이지 않는다. 내 목소리가 작은 건지, 말귀를 못 알아듣는지, 매번 딴소리다.

덜렁이 같은 형. 형은 내 귀가 얼마나 밝은 줄 모른다. 형이 중얼거리는 소리까지도 다 듣는다는 걸 까맣게 모른다.

"줄 때 먹어. 나중엔 나와 같이 라면만 먹고 살지도 몰라. 흐흐."

형이 모든 걸 포기한 듯 웃었다.

"너는 좋겠다. 취직 걱정 안 해서."

"취직이 뭐냥?"

형에게 질문할 기분은 아니지만, 너무 심각해 보여서 대꾸해 줬다.

"아유! 너도 사춘기냐? 흙구덩이에 있을 때만 해도……."

형이 말을 돌렸다. 바보. 내가 도울 수도 있는데, 그 기회를 놓치다니. 그래도 나는 형의 이야기에 집중했다. 흙구덩이 이야기는 중요한 나의 정보기 때문이다.

그러니까 나는 길고양이였다. 어쩌다 흙구덩이에 빠졌는지는 모른다. 충격을 받으면 기억력을 잃을 수도 있다는데, 혹시 그래서 생각이 안 나는 걸까?

머릿속에 있는 첫 번째 기억은, 누군가가 내 허리를 잡아 올렸다는 거다. 두툼한 손이었다.

야생에서 누군가에 잡힌다는 건 죽음을 의미한다. 그걸 누구에게 배웠냐고? 그런 건 배우는 게 아니라 본능으로 아는 거다.

그날을 생각하면 지금도 몸서리쳐진다. 그날 나는 혀까지 얼어붙어서 '야옹.' 소리 한번 지르지 못했다. 온몸이 축 처져서 숨도 제대로 쉬어지지 않았다.

"우쭈쭈, 잘 먹네."

형이 두툼한 손으로 우유를 먹여 줬다. 나는 한두 방울로 목을 축이고 그대로 머리를 떨구었다. 배가 안 고파서가 아니라, 겁에 질려서이다. 그것도 모르고, 형은 한참 동안 내 이마를 긁었다. 빗질하듯, 내 등을 쓰다듬기도 했다.

그날 밤, 나는 형이 잠자는 동안 탐색전을 펼쳤다. 꽤 넓은 곳이었다. 형은 혼자 지내는 것 같았다. 내가 좋아할 만한 건 아무것도 없었다. 흙냄새도 풀냄새도 안 나는 딱딱한 방바닥, 시원한 바람 한 자락 불어오지 않는 삭막한 곳이었다.

'어떻게 이런 곳에서 살지?'

나는 방바닥에 엎드려 몸을 동그랗게 말고 생각에 잠겼다. 형이 왜 나를 이곳으로 데려왔는지 이해할 수 없었다. 구덩이에서 빼낸 다음 땅바닥에 그냥 두었다면, 이렇게 삭막한 곳으로 오진 않았을 것이다.

　사람들은 사는 모습이 참 이상했다. 며칠이 지나도록 신선한 고기 냄새 한번 올라오지 않는다는 것이.

　"이제 살아났냐?"

　아침에 일어난 형이 내 머리를 쓰다듬으며 물었다. 나는 형의 무릎 위에 얼굴을 댔다. 환경은 썩 마음에 안 들지만, 그래도 형이 나를 데려왔으니……. 그래, 어디 믿어 보자.

　낮잠을 자고 있는데, 매운 냄새가 코를 찔렀다. 어슬렁어슬렁, 무슨 일인가 궁금해 주방으로 갔다. 형이 이마에 송골송골 올라오는 땀방울을 닦아가며 라면을 먹고 있었다. 내가 달라고 한 것도 아닌데 '넌 못 먹어!' 하면서, 후루룩!

　이해가 안 간다. 헐떡거리면서 매운 걸 왜 먹는지 모르겠다. 기분 전환용이라는데, 핑계 같다. 형은 젓갈도 퍼먹었다. 너무 짜게 먹으면, 병에 걸릴 수도 있다던데, 그것도 모르는 형. 부엌 바닥이 미끈미끈 번들거린다. 사람 사는 곳은 전부 다 별로다.

　그래도 한 가지 좋은 게 있다. 진짜로 조용하다. 고맙다는 뜻으로 형의 발목으로 다가가 부비부비를 했다. 형이 엄청 좋아했다. 그래, 이렇게 형이랑 오순도순 사는 거다. 마음을 고쳐먹었다.

　밥을 계속 굶을 수 없어서 살며시 냠냠 통으로 갔는데, 언제 보았는지 형이 또 다가와 머리를 간질인다.

　"아, 쫌!"

　짜증 나는데, 확 물어 버릴까 보다. 그래도 우유 대신 연어 통조

림으로 바꿔 준 게 마음에 들어 참기로 했다.

밥 먹고 좀 쉬려는데, 형이 나를 졸졸 따라온다. 귀찮아 죽겠다. 할 일이 없는 건지 버릇이 없는 건지 매일매일 그러지 말라고 타이르지만, 지겹게 말을 안 듣는다.

"그만 좀 해라. 형!"

배를 보이고 발라당 누워 강력히 항의해도 소용없다. 형의 얼굴을 확 긁어 버리려고 별렀지만, 차마 그럴 수는 없었다. 생명의 은인이라니까.

2. 내 집으로 접수했다

형이 나를 껴안더니 갑자기 커다란 종이상자에 가두려고 했다.

"얍! 얍! 이거 왜 이러냥?"

나는 놀라서 발톱으로 종이상자를 박박 긁으며 버둥거렸다.

"미안! 오늘 엄마 오시는 날이야. 들키면 끝장이야."

"냥! 형!"

형이 상자 뚜껑을 조금 열고 말했다.

"엄마한테 걸리면 죽어. 그러니까 가만히 있어. 알았지?"

"죽엉?"

형은 제 말만 하고 내 머리를 쑤셔 넣었다.

"잉야~~옹!"

나는 당황해서 위험 상황을 알리려고 큰 소리로 울었다. 주변에 내 편이 없다는 걸 알지만, 그렇다고 가만있을 수는 없었다.

하지만 일 보 후퇴. 정신을 차리고 주변을 살폈다. 바닥은 포근했고, 공간도 어슬렁거리며 한 바퀴 돌 수 있을 만했다. 그래도 그렇지. 좁은 구덩이에 갇힌 나를 구조했다고 큰소리치면서 다시

깊은 상자에 가두다니. 종이상자 뚜껑은 너무 단단했다.

앞발을 길에 뻗고 엉덩이를 올리며 기지개를 켰다. 시원했다.

'언제까지 이러고 있어야 하는 거지?'

고민한다고 해결될 일이 아니다. 형을 믿는다. 엄마가 오기 때문이라고 했으니 이해하자. 뭔가 사정이 있을 것이다. 곧 꺼내 줄 거다. 다만, 엄마한테 걸리면 죽는다고 했던 말이 마음에 걸린다.

'엄마한테 걸리면 죽는다고? 누강?'

궁금하다. 엄마한테 걸리면 내가 죽는 거야, 아니면 형이 죽는 거야?

솔직히 난 잘못한 게 없다. 이 집에 오겠다고 우긴 적이 없다. 형 마음대로 나를 데려왔으니까, 형이 죽을 거다.

가만있자, 형이 죽으면 나는? 안 될 일이다. 공격 태세를 갖춘다. 엉덩이를 실룩거려 본다. 필요하면 형과 내가 협공할 수 있다. 엄마는 혼자일 테니, 해 볼만 한 싸움이다. 우린 둘이니까. 히야!

'엄마, 당장 나오세요.'라고 외쳐 볼까? 아니, 그건 아니다. 내가 지금 뭘 하는 거야? 실룩거리던 엉덩이를 슬그머니 내렸다.

"으히!"

불안해서 안 되겠다. 그루밍[1]을 시작했다. 마음을 가라앉히려면 그루밍이 최고다. 쿵당거리던 심장이 차분해지자, 길게 기지개를 켰다. 최악의 경우 나는 집을 나가면 그만이지만, 죽어야 하는 형의 입장이 안타깝다. 아니 뭐, 설마 죽이기야 하겠어? 마음을 굳게 먹는다. 일단 휴식이 필요하다. 전쟁터로 나가기 전에 잠이라도 자 둬야겠다.

"똣또, 냠냠 먹자."

잠깐 잠이 들었는데, 상자를 열며 형이 말했다.

"나, 여기 살아도 된댕?"

상자를 폴짝 뛰어넘으며 말했다. 형이 놀라는 것 같다. 상자를 넘을 만큼 내가 벼르고 있었다는 걸 몰랐던 것 같다. 나는 엄마가 갔는지 궁금했다. 전쟁은 완전히 끝난 것인지, 협공은 안 해도 되는 것인지……. 사냥감을 만났을 때처럼 엉덩이를 실룩거리자, 형이 웃었다. 지금 웃을 때가 아닌데.

"엄마 갔냥?

형은 아무 일도 없었다는 듯, 닭고기를 내 입에 넣어 줬다.

---

1) 그루밍: 고양이가 자기 혹은 친구의 털을 정성스럽게 핥는 행위.

"맛있당!"

하지만 지금은 그게 문제가 아니다. 방문이 조금 열려 있는 게 보였다. 냅다 밖으로 튀었다. 형이 대답해 주지 않으니, 내가 직접 확인할 생각이다.

"으악! 으아~악!"

"아이, 깜짝이얏."

나와 처음 만난, 그러니까 엄마라는 사람이 비명을 질렀다. 비명에 놀라 내가 그 자리에 섰다. 소리 지르는 대신, 기회를 살핀다. 웅크리면서 여차하면 달려들 준비를 한다.

"너, 고양이 키우니?"

엄마가 형의 방 쪽에 대고 소리 질렀다. 귀청 떨어지는 줄 알았다. 엄마의 목소리는 대포를 쏘는 수준이다.

"아니. 그게!"

형이 방에서 비실거리며 나오더니 방문 앞에 섰다.

"내가 못 살아!"

엄마가 동그란 내 눈을 가리키며 뭐라고 따따부따 소리 지르더니, 식탁 의자로 가서 주저앉았다. 나는 정말이지 엄마가 지르는 소리 때문에 멍청이가 되는 줄 알았다.

'엄마라는 사람은 말을 좀 조용조용 할 수 없을까?'

나는 엄마를 쏘아보았다. '너 누구니? 처음 보는 거 같은데 이름부터 말해 보렴.' 하면서 좀 우아하게 말해야 하는 거 아냐? 처음 만난 고양이 앞에서 와장창 유리창 깨지는 소리를 내다니. 하지만 아직은 상황 파악이 제대로 안 된다. 혹시나 해서 숨을 곳은 없는지 이리저리 살폈지만, 찾을 수 없었다.

"뭐 하는 짓이야? 너, 이 집 내놓은 거 알지?"

"……."

"빚더미에 앉게 생겼어. 헐값에라도 넘겨야 할 판이라고. 취직할 생각은 안 하고!"

"……."

"우리 집 사정을 몰라서 이러는 거야? 치워!"

"아……."

"당장 치우라고!"

"아. 알았다니까요."

내 눈이 커졌다. 뭘 치우라는 거야? 나를? 걸리면 죽는다고 했던 형의 말이 떠올랐다. 나를 먼저 내보내고 형을 죽이려나? 큰일이다. 형이 죽으면 안 된다. 이럴 땐 협공이 필요하다. 숨으려는 생각은 버리고, 형을 위해 버틴다.

정신을 바짝 차려야 한다. 물론, 나가라면 나갈 거다. 나는 싫다는 사람하고는 못 산다. 고개를 꼿꼿하게 세우며 자존심을 지킨다. 나가 줄 테니, 언제든 현관문만 열라는 뜻이다.

"엄마, 그러니까……."

무슨 생각인지 형이 얌전하게 손을 모으고 주절주절한다. 걸리면 죽는다는 말이 다시 떠올랐다. 생각했던 것보다 험악한 상황은 아닌 것 같다. 그러니까 죽는다는 건 허풍인 것 같고, 형이 나와 함께 쫓겨나는 정도가 될 것 같다. 다행이다.

어른들은 현명하니까, 이 집으로 온 게 내 잘못이 아니라는 것을 알아줬으면 좋겠다. 형이 고개를 푹 숙였다. 엄마의 목소리도 낮아졌다. 집안이 조용하다. 괜히 더 불안해진다.

"아이고 참, 나가면 될 거 아냐. 인~냐웅!"

침묵을 깨고 내가 먼저 소리쳤다. 내 말에 용기를 얻었는지 형이 목소리를 높였다.

"아무리 그래도 구덩이에 빠진 걸 그대로 놔두고 오라고? 말이 돼?"

무슨 생각인지 엄마한테 대든다. 그런데 그 소리에 살짝 울음

이 섞였다. 사람들은 너무 시끄럽다. 귀를 막을 수도 없고,

"형, 울지 마라. 내가 나간다. 상황 봐서 따라 나와라. 냐옹 냐냐 웅.'

나도 소리 질렀다.

"그러니까, 엄마……."

쫓겨나게 생긴 형의 울음보가 터지기 일보 직전이다. 형은 나 가는 게 무서운 모양이다. 나는 괜찮은데. 다 큰 게 징징거리며 눈 물을 짠다. 같이 나가면, 이번엔 내가 형을 먹여 살릴 거다. 밖에 서 사는 건 형보다 더 잘할 자신이 있다. 바람도 있고, 풀도, 흙도, 쥐도 있으니.

"그러니까 울지 마라. 형 먹여 살린 자신 있당. 인냐아아옹."

내 말에 위로가 되었는지, 집안이 갑자기 조용해진다. 채각채 각 시계가 잘도 돌아간다.

형이 나를 향해 한쪽 눈을 살짝 감았다가 떴다.

"룰루룰루루~."

느낌이 왔다. 형의 승리다. 덕분에 난 횡재다. 형의 집 전체를 내 집으로 접수했다.

3. 가족

엄마와의 전쟁이 끝난 뒤, 형의 가족이 우르르 몰려왔다. 한 달에 한 번 이렇게 모인단다.

"고양이를 키운다고?"

현관을 들어오는 사람마다 똑같은 말을 했다. 잽싸게 책상 밑으로 피했다. 형이 다가왔다. 나를 끄집어내려는 수작이다. 난 낯선 사람은 질색이다. 책꽂이 위로 폴싹 뛰어올랐다.

"오오!"

나의 높이뛰기 실력에 감탄했는지, 사람들이 우르르 손뼉 쳤다. 모두 나를 부러워하는 눈치다. 이럴 줄 알았으면 괜히 겁먹었다. 이제 와 말이지만, 엄마한테 쫓겨날 일도 아니었다. 죽는다고 말한 허풍쟁이 형 때문에 마음을 졸였던 게 억울하다. 사뿐히 땅으로 뛰어 내려왔다.

모인 사람은 모두 네 명, 얼굴이 비슷비슷하게 생겼다. 형이 자기와 가장 비슷하게 생긴 사람에게 아빠라고 불렀고, 그다음으로 비슷한 사람에게는 누나라고 불렀다. 그리고 누나하고 가장 비슷한 사람이 엄마였다. 이들 넷을 '가족'이라고 했다. 가족은 모습이 서로 닮았다. '나도 형의 가족이 될 수 있을까?' 하고 생각해 봤는데, 안 될 말이다. 나는 형의 가족과 한 군데도 닮은 데가 없었다.

"얘는 똣또!"

형이 나를 소개했다. 서운하다. 형 이름은 수현, 내 이름은 수인인데. 가족은 아니지만, 이름이라도 닮으면 좋지 않을까? 고개를 바싹 쳐들었다. '나를 수인이라고 불러라.'라고 항의하고 싶다. 어정어정 종이 피켓이라도 물고 다닐까? 달달달달 방을 뛰어다닐까? 이것저것 시위 방법이 생각났지만, 요구를 들어줄 것 같지 않다.

내가 형과 가족이 아니라는 게 서럽다. 이유 같은 건 없다. 기억이 없어서 그런지 모르지만, 나에겐 처음부터 가족이 없었다. 내게도 가족이 있으면 좋겠다. 내가 형의 가족이 될 만한 방법을 연

구해 본다. 털끝만치라도 닮은 데
가 있으면 우겨 볼 생각이다. 하
지만 없다. 형과 나는 너무 다
르다. 동그란 눈이 좀 닮았으
려나? 그러나 나는 키도 작고,
네 발로 걷고, 털도 많다. 책상
밑으로 들어가 엎드렸다.

'형?'

형은 무슨 뜻일까? 가족이라 부르는 사람들은 엄마, 아빠, 누
나, 동생 모두 두 글자인데 나보고는 왜 한 글자
로 부르라고 하는 걸까? 가족이 아니기 때
문일까? 고개를 갸웃거리며 형을 봤다.
형은 모르는 척했다.

'나도 형처럼 두 발로 걸어 볼깡?'

진지하게 고민에 빠져 본다. 고민
만으로 끝낼 내가 아니다. 행동 개
시. 형이 없는 틈에 종일 두 발 걷
기 연습을 했다. 얼마나 열심히 연

습했는지 나중에는 발에 쥐가
나 죽는 줄 알았다. 높은
책꽂이 위로 올라가는 것
도 그만두기로 했다. 형
은 그런 곳에는 올라가지
않기 때문이다.

아니다. 복잡하게 생각
할 거 없다, 할 수 있는 것
한 가지만 한다. 두 발로
걷기. 하지만 문제가 있
다. 두 발로 걸으려면 나
도 가릴 건 가리고 싶다. 제대
로 걷게 되면 형의 팬티라도 하나
달라고 해야겠다. 목표를 정했으니 열심히 하자. 내가 형하고 비
슷해지면, 엄마 아빠도 생기고 누나도 생기는 거니까.

걷는 연습을 너무 많이 했는지, 점심을 먹고 나자 졸음이 쏟아
졌다. 하지만 눈을 부릅뜨고 일어섰다. 벽을 잡고 다시 두 발 걷기
를 했다. 그런데 오늘따라 형이 일찍 집에 돌아왔다. 나는 아닌 척

내 자리로 가서 허리를 둥그렇게 말고 얌전히 있었다. 형이 곧장 내게로 와 목을 간질였다.

"혼자 심심했지?"

"아냐옹."

괜찮았다고 말하는 순간, 이상한 냄새가 뒤따라왔다. 발소리도 들렸다. 형과 비슷하게 생긴 사람이었다. 가족이 더 있었던 것 같다. 키도 얼굴 크기도 형과 비슷하고, 머리 깎은 모양도 같다.

"우리 막내야."

형이 나를 소개했다.

"막내?"

두 글자! 아빠, 엄마, 누나, 막내. 가슴이 콩닥콩닥 뛰었다.

'그럼 그렇지. 난 형과 가족이야!'

하지만 그건 억지다.

'그런데 나를 두 글자로 소개하는 이유가 뭘까? 무슨 속셈이 있는 걸까?'

에라 모르겠다. 앞다리를 쭉 뻗고 기지개를 켰다. 마음을 진정시키는 데는 그루밍이 최고다. 나는 자리에 털썩 주저앉았다.

"우리 똣또, 잘생기지 않았냐?"

형이 호들갑을 떨었다.

"오호! 멋진데."

형의 친구가 나를 만지려고 손을 내밀었다. 나는 앞다리를 들어 위아래로 흔들며 거부했다. 안 되겠다 싶어서 권투선수처럼 힘차게 두 손으로 냥냥이를 해 댔다.

"하악!"

내게 손대지 말라고 경고하자, 형이 '하악!' 하며 나를 따라했다. 장난인 줄 아나 보다. 나는 엉덩이를 실룩거리며 소리쳤다.

"으르릉~. 말로 해선 안 되겠군! 한 판 뜰깡?"

형 친구를 노려보았다. 바지직바지직, 손톱에 걸리는 대로 카펫을 쥐어뜯었다.

"알았어. 쬐끄만 게, 성질머리하고는……."

친구가 얼른 손을 내리며 말했다.

"냐야옹!"

나는 또 한 번 소리 질렀다. 성질머리라니? 그런 말은 첫인사로 적합하지 않다. 예의 좀 갖춰라.

"우선 내 이름을 정중하게 불러라!"

내 말을 알아들었는지, 형 친구가 어쭈! 하면서 웃었다.

"와웅!"

나를 함부로 대하면 큰코다친다는 뜻으로 한마디 더 하고 형의 책꽂이 위로 가볍게 올라갔다.

"인마! 네 소개부터 해야지. 우리 뚯또가 물로 보이냐? 그치~ 이?"

'역시!'

형의 말에 벌떡 일어나 엉덩이를 실룩거렸다. 공격하거나 혼쭐 내는 행동은 안 하겠다는 의미다. 사실 뭐, 공격하려 해도 엊그제 형이 내 발톱을 바싹 잘라 버리는 바람에 무기가 없다. 그렇다고 확 물어 버릴 수도 없고. 으이구!

"손부터 내밀어. 너를 소개하려면, 뚯또에게 냄새를 알려야 해"

형의 말에 친구가 손끝을 내 코앞으로 들이밀었다. 좋아! 첫인 상은 별로지만, 쿨하게 날려 버리고 코를 앞으로 쭉 뺐다. 알았다. 형 친구의 냄새.

"형은 좋겠다. 뚯또가 있어서."

"형?"

이건 굉장한 사건이다. 그가 나처럼 '형!'이라고 부르다니 말이다. 나는 형 친구가 내민 손을 향해 코를 벌름거렸다.

"거봐!"

형과 친구는 마주 보며 흐흐흐 웃었다. 이제 알았다. '형'은 '친구'라는 뜻인 것 같다. 어쩌면 가족이 아니라는 뜻일 수도 있을 거다. 형의 가족 외에는 모두 형이라고 부르면 되나 보다.

친구와 형이 같은 말이라서 좋다. 가족처럼 닮은 사람이 부르는 말이니, 그만큼 친하다는 뜻일 거다.

궁금증은 풀렸는데, 어깨에 힘이 딱 떨어졌다. 후유, 한숨을 쉬자 삐질 눈물이 나왔다. 나도 엄마 아빠가 있었으면 좋겠다. 내가 형의 가족이 되고 싶은 건, 엄마 아빠가 없어서인 것 같다. 형처럼 나도 아빠를 닮았을까? 엄마는 어떻게 생겼을까? 무척 궁금했다. 고민에 빠진 나를 내버려 두고 형은 친구를 배웅한다며 밖으로 나갔다.

혼자 엎드려 있자니 눈물이 핑 돌았다. 등을 땅바닥에 붙이고 배를 벌러덩 하늘로 향했다. 두어 번 만세도 불렀다. 나는 뭐냐? 형의 가족이냐? 형의 친구냐? 이대로 포기할 수는 없다.

꼬리로 탕탕 바닥을 쳤다. 두 발 걷기는 쉽지 않지만, 끝까지 해 보는 거다. 재빨리 형의 침대를 붙잡고 일어섰다. 그때 밖에서 나

를 부르는 소리가 들린다.

"인냐앙~. 호냐앙~.'

서둘러 창문 쪽으로 달려갔지만, 이미 소리가 사라진 뒤였다. 대신 조금 전에 방을 나간 형과 친구가 아파트 정문 앞에 서 있는 게 보였다. 심각한 이야기인지 형은 검지를 이마에 붙이고 이야기한다. 형 친구는 휴대폰을 손바닥에 올려놓고 딱지처럼 뱅뱅 돌리고 있다. 그런데 그 옆으로 시커먼 것이 휙 지나가는 게 보였다. 소름이 돋았다.

"어랑!"

아무것도 보이지 않았다. 분명 뭔가 있었는데? 눈을 비비고 창밖을 뚫어지게 내다보았다. 눈이 뒤집힐 것 같았다.

"앗!"

나처럼 등이 까맣고 배는 하얗고, 장화 신은 것처럼 무릎 아래 흰털을 가진 고양이가 쓰레기장 주변을 어슬렁거리고 있다. 마치 전신 거울로 나를 보는 것 같다. 나와 쌍둥이다. 완전 똑같다. 아빠다.

"이제 알았다. 내 가족은 밖에 산다."

나도 밖에서 왔다. 형이 나를 구조해 생명의 은인이라고 했던 말을 백 번도 넘게 듣지 않았나. 그런데도 난 왜 가족이 밖에 있다는 걸 생각하지 못했을까? 나는 형과 가족이 될 수 없다. 그러고 보니 골골송[2]을 하면서 엄마 젖을 빨던 기억이 어렴풋이 난다.

이제 두 발 걷기 같은 건 하지 않기로 했다. 내 가족이 밖에서 산다. 여기서 나가야 한다. 다시 창문 앞에 섰다. 조금 전에 보았던 검은 고양이가 보이지 않았다. 사방을 둘러보았다. 없다. 아빠 고양이가 사라졌다.

"어디 갔을까? 어디서 살까? 다시 올깡?"

저녁노을이 지고 있었다. 형이 돌아와 나를 끌어안았지만, 나는 허리를 말아 올리며 발버둥을 쳤다. 밖이 궁금해 견딜 수가 없었다. 형이 웃으며 놓아주었다. 형이 만들어 준 터널인 파파냥으로 들어가 허리를 말고 엎드렸다. 나와 똑 닮은 아빠가 보고 싶다. 낮에 본 검은 고양이가 자꾸 눈앞에서 아른거렸다. 아빠다. 아빠가 문밖에서 나를 기다리고 있다.

---

2) 골골송: 고양이가 안정된 상태가 되었을 때 내는 그르릉 그르릉 소리.

4. 창밖의 세상으로

깊은 밤, 창가로 갔다. 알록달록 동물병원 간판이 정면으로 보인다. 형의 삼촌이 원장으로 있는 고양이병원이다. 간판 오른쪽에 살아 있는 생선 두 마리가 팔딱거린다. 완전 싱싱한 먹음직스러운 색깔이다. 먹는 거 아니라고 형이 말해줬는데도, 보기만 해도 침이 꼴깍 넘어간다. 가까이 가서 생선 냄새를 맡고 싶다. 기막힐 거다. 일단 밖으로 나가야 한다.

주변을 살핀다. 늦은 밤, 아파트에서 내려다본 쓰레기장은 고요하다. 쓰레기를 버리려는 사람들이 종일 드나들었는데, 지금은 가로등 혼자 주변을 밝힌다. 아빠가 사는 곳. 알 수 없는 물체가 휙 지나간다. 자세히 보려고 재빨리 고개를 내밀다가 쿵! 유리창

에 머리를 부딪쳤다.

"아얏!"

한발 물러섰다. 가족이 밖에 산다는 걸 안 후로, 형의 창문으로 가서 친구를 찾는 게 습관이 되었다. 형과 가장 비슷한 사람이 아빠인 것처럼, 나와 꼭 닮은 검은 고양이가 아빠일 것이다. 엄마는 좀 다르게 생겼을 거다. 형의 엄마가 그런 것처럼.

엄마의 털은 무슨 색일까? 노랑? 줄무늬가 있을까? 코는 붉을까? 형의 엄마가 외출할 때 입술에 붉은색을 칠하는 것처럼, 엄마도 입술이 붉을까? 나는 왜 엄마와 헤어지게 되었을까? 형이 흙구덩이에서 꺼낸 후 엄마를 찾아주었다면, 나는 아빠와 진종일 장난치며 놀 수 있었을 거다.

일요일 아침이다. 지난밤에도 나는 창밖을 보며 밤을 새웠다. 아빠는 늘 어두워질 무렵에 나타났다. 아빠를 찾기 전까지는 형의 가족이 되기 위해 애썼다. 형네 집에 오줌 스프레이를 뿌리던 날은 세상 전부가 내 것 같았다. 그러나 지금은 아니다. 나는 형과 가족이 될 수 없다. 진짜 아빠를 만나야겠다. 그때다. 검은 고양이.

"앗. 아빠다!"

나와 똑 닮은 길냥이. 아빠가 쓰레기장 부근을 어슬렁거리고 있었다. 아직도 나를 찾는 것일까? 현관 쪽으로 냅다 달려나갔다. 문이 닫혀 있다. 혹시 달아날 구멍이 있는지 살핀다. 없다. 콩만 한 틈도 보이지 않는다.

'어쩌지?'

다다다다, 뛰어다닌다. 후다다다, 거실에서 뱅글뱅글 돈다. 그래도 소용없다. 뒷다리를 오므리고 앞다리 위에 머리를 얹고 앉았다. 그루밍 같은 건 할 상황이 아니다.

"야옹야옹!"

밤이 어떻게 지나갔는지 모르겠다. 형 침대로 올라갔다. 해님이 집 안으로 들어와 기웃거리는데도, 형은 입을 벌린 채 코를 골며 자고 있다. 게으름뱅이.

"야옹야옹!"

하늘을 나는 꿈을 꾸고 있는 걸까? 형이 양팔을 날개처럼 벌리고 있다. 형에게 가까이 가서 꾹꾹이[3]를 했다. 귀에 입을 대고 앙앙거리고 싶지만, 지금은 알랑방귀를 뀌는 게 좋다. 현관문을 열

---

3) 꾹꾹이: 고양이가 발로 사람이나 사물을 꾹꾹 누르는 행동.

어 달라고 부탁할 생각이어서 귀찮게 하면 안 된다. 특히 자는 걸
깨우면 형은 성질이 사나워진다.

"빨리 좀 일어나봐라. 형냐옹!"

꾹꾹이를 하면서 작은 소리로 계속 앙앙거렸다.

"으크크크. 알았어, 알았어. 잠 좀 더 자자. 조금만."

꾹꾹이가 맘에 드는지 형은 싱긋이 웃으며 잠꼬대했다. 금방 일어나지는 않겠다는 뜻이다. '야! 게름뱅이. 정말 이러기냐?'라고 말하고 싶지만, 꿀꺽 삼키고 더 세게 꾹꾹이를 했다. 소용없었다.

"형. 아빠 보고 싶어. 나, 나갔다 올게. 문 좀 열어줘~잉!"

아무리 야옹거려도 형은 일어나지 않았다. 나는 형의 겨드랑이에 몸을 기대고 데구루루 굴렀다. 그래도 안 일어났다. 이번엔 부비부비. 형의 온몸에 내 털을 묻혀놓아야겠다. 얼굴 옆에서도 데구루루. 이불을 걷어찬 형의 엉덩이에도 데구루루. 그래도 형은 일어나지 않았다.

'그냥 확! 할퀴어 버릴까?'

하지만 그럴 순 없다. 나를 살려 준 게 형이니까. 생명의 은인이라 하니까.

엄마 아빠는 곧 만날 수 있을 거다. 창가로 왔다.

"우리 엄마는 어떻게 생겼을깡?"

오늘은 아빠 주변을 잘 살펴야겠다. 엄마가 따라올지도 모른다. 아빠와 가장 가까이에 있는 고양이가 엄마일 거다. 형의 엄마도 가끔 아빠를 따라 외출하는 걸 봤다. 분명히 엄마도 같이 올 거다. 핏줄은 당긴다고 하니까, 분명 찾을 수 있을 거다. 오늘도 나는 진종일 밖을 내다보았다. 자꾸 눈물이 났다. 목에 걸려 밥도 넘어가지 않았다.

"야~~옹, 냥~. 형~웅."

이틀째 아빠를 보지 못했다. 무슨 일일까? 눈물이 난다. 얼마나 속을 태웠는지 머리가 빙빙 어지러웠다.

"야~흑. 흥흥!"

혼자 울다 잠이 든 것 같다. 꿈에서도 아빠를 찾으러 다녔다. 아빠가 보이지 않았다. 급하게 장미 울타리를 빠져나오려다 가시에 찔려 피투성이가 되었다. 누군가가 아빠를 찾지 말라고 했다. 그럴 수 없다고 하자, 심술이 났는지 내게 돌멩이를 던졌다. 얻어맞은 머리가 띵띵 아팠다. '흐어엉, 흐으엉!' 울며 형을 찾았다. 아아, 그런데 내 앞에 나타난 형은, 알고 보니 대왕 고양이였다. 나를 감옥에 넣은 것도 형이라 했다.

"이노오옴!"

대왕 고양이의 고함에 놀라 잠을 깼다. 눈을 뜰 수 없었다. 나는 여전히 울고 있었다.

"인냐~~아앙!"

"뚓또! 어디 아프냐? 왜 그래? 너, 너 삼촌에게 가 봐야겠다!"

형이 이동 가방을 찾으며 말했다.

"인냐~~아양!, 인냐~~아앙!"

나도 모르게 신음했다. 이런 경험은 처음이다. 바늘로 찌르는 듯 온몸이 아팠다. 눈물 콧물 범벅에다 뜨끈뜨끈 열이 나면서 어지러웠다. 사실은 어제저녁부터 으슬으슬 추웠다. 나는 죽은 듯 엎드렸다. 고개 들 힘도 없었다.

병원을 다녀오자, 형이 이상해졌다. 싫다고 버둥거려도 꼼짝할 수 없게 붙잡고서, 입속으로 쓴 물을 쭉 쏟아 넣었다. 이렇게 맛없는 걸 강제로 먹이다니, 형이 한 번도 그런 적이 없었는데. 무척 황당했다. 정말 놀랐다.

"에퉷! 나한테 이런 걸 먹이다니, 형. 야옹!"

아무리 냥냥 소리쳐도 형은 봐주지 않았다. 꿈에서 본 대왕 고양이가 아무래도 형이 맞는 것 같다. 내가 밖으로 나가려고 한다는 걸 알았는지, 무조건 얌전히 있으라고 한다. 약을 먹으니, 잠이 쏟아졌다.

"좀 괜찮아? 나중에 병원에 한 번 더 가야 해. 이번엔 주사도 맞을 거야."

"또? 왜 자꾸 나를 괴롭히냥? 난 멀쩡하단 말이야."

"똣또! 아프면 안 돼. 돈 없어, 인마. 취직하면 모를까, 맨날 공짜로 해 달라면 삼촌이 좋아하겠냐?"

형이 내 턱밑을 긁으며 말했다.

"계속 아프면 수술해야 해. 수술이 겁나 무섭다는 거 알아?"

"뭐양?"

형을 노려보았다. 형이 무슨 이야기하는지 모르겠다. 빨리 도망가야겠다. 기회를 봐서 밖으로 나갈 거다. 아빠 엄마도 찾아야 하니까, 잘 됐다. 빨리 도망가자.

"똣또. 왜 밥 안 먹고 눈치만 보냐? 오늘 한가하니까 병원에 들러보자. 삼촌이 약 먹었는데도 이상하면 데리고 오랬거든."

형이 방으로 들어갔다. 눈치 한번 빠르다. 내가 도망가려는 계획이 들통나게 생겼다. 아! 마음이 급하다. 안절부절못하겠다. 현관문이 빨리 열려야 할 텐데.

"엄마! 똣또 데리고 삼촌한테 갔다 올게요!"

이동 가방을 꺼내며 형이 소리쳤다.

'병원? 난 아무렇지도 않아. 병원 싫다.'

병원에 가기 전에 피용! 달아나야 할 텐데. 현관문아, 열려라. 열려라, 참깨. 소용없다.

"고양이한테 신경 쓰는 거에 반만 나한테 써봐라."

엄마가 말했다. 엄마는 무슨 말을 그렇게 하는지 모르겠다. 병원 데려가는 거나 말려 줄 것이지. 엄마한테 반만 신경 쓰라니, 제발 좀 어른답게 말했으면 좋겠다. '병원을 자주 가는 건 좋지 않아!' 이런 말을 해야 하는 거 아냐? 나에게 그런 맛대가리 없는 물을 강제로 먹이게 하지 않도록 잘 말해 주면 좋잖아. 어쨌거나 나는 연신 기회를 살피는 중이다.

"쓰레기 버리고 올게!"

엄마가 먼저 나간다며 현관문을 연다. 기회는 이때다. 기회는 찾는 자에게 오는 법이다.

"앗싸!"

엄마가 문을 여는 순간, 나는 쏜살같이 밖으로 뛰어나갔다. 층계 밑으로 뛰기 시작했다. 처음 달려보는 기분, 상쾌하다. 역시 나는 엄마 아빠가 사는 곳에서 살아야 한다. 아빠를 만나러 간다. 엄청 반가울 거다. 엄마가 어디 갔다가 이제 왔냐고 물으면 뭐라고 대답할까? 형에게 납치되었다고 할까? 그건 아닌 것 같다. 나를 살려 줬으니까. 그럼, 뭐라고 하지?

"아니, 납치된 거 맞당!"

두툼한 손이 내 등을 잡아 올리던, 그 무서웠던 기억이 생생하다. 나는 꼼짝 없이 형의 손에 끌려 여기로 왔다. 그러니까 납치된 거다. 형은 나에게 '우리 집 갈래?' 그런 걸 묻지도 않았고 나도 '응!' 대답하지 않았다. 그러니까 납치다. 납치.

쓰레기장 앞으로 나왔다. 바람이 훅 내 몸을 훑고 지나갔다. 방문을 열어두었을 때 맞이했던 그 바람과는 차원이 달랐다. 흙냄새, 풀냄새, 싱싱 비릿한 냄새. 몸에 와 직접 부딪히는 바람이 내 볼에 살살살 몸을 기댄다. 간지럽다. 질투가 심한 바람도 있다. 씨름이라도 하려는 건가? 샅바도 없는 나를 패대기치려고 한다. 숨이 턱 막혔다. 몸이 달달달 무서웠다. 바람에 따라 냄새가 다르다는 것도 알았다. 썩는 냄새가 지독한 바람. 상관없다. 난 곧 아빠를 만날 테니까.

5. 아빠! 보고 싶었어

쓰레기장은, 위에서 내려다보았던 모습과는 조금 달랐다. 물론 그런 거 따질 때는 아니다. 형의 엄마가 곧 쓰레기를 버리러 올 거다. 엄마와 마주치지 않으려면 숨어야 한다. 수북이 쌓인 종이상자 속으로 파고들었다. 쓰레기 냄새가 훅 올라왔다. 깨끗한 모습으로 아빠를 만나야 할 텐데, 걱정이다.

드디어 엄마 냄새가 가까워지고 있었다, 나는 숨을 죽였다. 쿵쿵! 분리수거통으로 쓰레기 떨어지는 소리가 들렸다. 잠시 후, 엄마 냄새가 멀어지기 시작했다. 쓰레기 냄새가 아무리 심해도 엄마 냄새는 안다. 향긋하다.

엄마는 내가 현관문으로 뛰쳐나온 걸 알지 못하는 것 같다. 나한테 관심이 없기 때문일 거다. 약간 섭섭하다. 엄마의 뒷모습에 대고 '엄마앙!' 소리 지르고 싶은 걸 억지로 참았다.

엄마 냄새가 완전히 사라진 뒤에 슬며시 밖으로 나왔다. 바람이 차갑다. 아빠는 늘 어두워져야 나타났다. 그런데 아침에 나왔으니, 너무 일찍 나온 거다. 도망 나오는 것이라 시간까지 계산할 수 없었다. 그저 기회가 오기만을 기다렸다. 아빠를 만난다고 생각하니 가슴이 설렌다. 아빠를 기다리면서 그루밍을 했다. 예쁘게 다듬는 거다.

'아빠가 안 오면 어쩌지?'

불안하기도 하고 긴장도 된다. 빨리 날이 어두워졌으면 좋겠다. 시간이 너무 안 간다. 아빠를 만나면, 엄마도 만날 수 있을 거다. 엄마는 어떻게 생겼을까? 엄마, 엄마, 엄마, 엄마는 오랫동안 나를 찾았을 거다. 지금도 내 생각으로 눈물 흘릴 거다.

"이놈의 고양이, 저리 가!"

깊은 생각에 빠져 경비원 아저씨가 오는 것도 몰랐다. 아저씨가 발을 구르며 내게 호통쳤다. 잽싸게 튀었다. 멀리 가진 않는다. 난 아빠를 만나야 하니까. 한 바퀴 빙~ 돌고 다시 쓰레기장 앞으로 왔다. 경비원 아저씨가 종이상자를 손수레에 옮겨 싣고 있다.

숨을 곳이 없어졌다.

마냥 깨끗해 보이던 쓰레기장에서 고약한 냄새가 날 줄은 꿈에
도 몰랐다. 생각해 보니, 형 엄마도 고약한 냄새가 나는 보라색 쓰
레기봉투를 이곳에 버리고 돌아왔었다. 하필 냄새나는 곳에서 아
빠를 만나게 되었다니. 씁쓸하다.

"짜싸!"

누군가가 짧게 소리쳤다.

"뭐라고?"

창문으로 자주 보았던 깜둥이였다. 낯설지 않았다. 반지르르한
검은색 털에, 발목까지 하얀 털을 가진 나와는 다르지만, 몸집은
비슷하다. '처음 뵙겠습니다.' 대신 '만나서 반가워!'라고 할까?
생각 중인데 뒤에 아빠 모습이 나타났다.

"아빠!"

달려 나갔다. 너무나 반가워 눈물이 나려고 했다.

"캐캐캐!"

아빠가 나를 향해 괴상한 소리를 냈다. 처음 듣는 소리라 한발
물러섰다.

"크르릉!"

아빠가 이번에도 소리쳤다. 왜 소리를 지르지? 아빠에게 달려
나가 안기고 싶었지만, 발을 뗄 수 없었다. 아빠와 나는 쌍둥이처
럼 닮은 게 확실했다. 똑같이 검은 등, 흰 뱃가죽, 흰 발가락.

"#$%^&?"

뭐지? 아빠는 나에게 화를 내는 것 같았다. 눈동자를 보면 안

다. 무슨 말을 하라는 것 같기도 하다. 형이 떠올랐다. 미국에서 쓰는 말이라며 쉘라쉘라 이상한 말을 했었다. 아빠가 하는 말도 미국 말일까?

거기까지 생각하자 용기가 났다. 영어는 모르지만, 아빠 앞에 똑바로 서는 거다.

"나예요. 아빠 아들. 모르시겠어요?"

이렇게 말하고 손발 짓을 더 하려던 참인데, 어떤 꼬마 녀석이 재빨리 아빠와 나 사이를 비집고 들어오더니 하악질⁴⁾을 했다. 덤빌 테면 덤비라고 엉덩이를 실룩거렸다. 나는 멀어지는 아빠를 쳐다봤다. '아빠! 나야 나!' 눈으로 애걸한다.

"인냐앙!"

그 순간, 꼬마가 확 돌아서며 나에게 찍 오줌을 갈겼다.

"악!"

내가 놀라서 물러선 사이. '으르릉!' 소리와 함께 검은 털 아빠가 달려들었다. 고양이의 가장 강한 펀치, 어떤 녀석인지 뒷발차기도 들어왔다. 예상치 못한 일이다. 피할 사이도 없이 발라당 드

---

4) 하악질: 고양이가 경고의 뜻으로 내는 본능적인 소리.

러누워 항복했지만, 활처럼 몸을 구부린 고양이 무리가 내게로 우르르 달려들었다.

"도망쳐! 빨리!"

누군가가 외쳤다. 숨이 턱! 막혔다. 나는 잽싸게 몸을 뒤집으며 일어나 달리기 시작했다. 뭔가 잘못되었다. 이건 아니다. 죽지 않으려면 달려야 했다. 물린 어깨도, 발길질에 차인 배도 찢어질 듯 아팠다.

"헉헉헉, 아빠! 이게~ 뭐냥?"

지금 무슨 일이 일어난 거지? 나는 아빠를 만나려고 했다. 집을 나온 것도 아빠를 만나기 위해서였다. 형은 아빠도 있고 엄마도 있는데 나는 없어서였다. 엄마가 보고 싶다. 나도 엄마! 하고 불러 보고 싶다. 근데 아빠는 나를 알아보지도 못했다. 눈물이 쏟아진다. 몸이 녹아내리는 것처럼 아팠다. 바람에 무작정 흔들리는 갈대처럼 한번 터져 나온 울음이 그쳐지지 않았다. '엄마! 엄마~앙!' 들판을 향해 마음 놓고 엄마를 불렀다. 눈물이 주르륵 흘러내렸다.

그때다. 낯선 길냥이가 내 쪽으로 다가오는 게 보였다. 몸을 곧추세웠다. 반사적으로 공격 태세를 갖춘다. 하지만 길냥이와 눈이 마주치는 순간, 나는 으아냥! 울어 버렸다. 항복하겠다는 뜻이다. 길냥이가 나를 물끄러미 바라보았다.

"왜 우는뎅?"

항복 선언을 했는데도, 길냥이가 표독스럽게 말했다. 단번에 눈물이 싹 말라 버렸다. 무작정 덤벼드는 아빠 무리를 경험한 터라 서둘러 전투태세를 갖췄다. 항복한다고 몸을 뒤집어야 하는데, 다친 어깨가 말을 듣지 않았다. 어정쩡하게 서 있는 나를 향해 길냥이가 소리쳤다.

"야. 넌 내 말을 못 알아듣냥?"

앗! 그러고 보니 길냥이가 말을 한다. 조금 전 아빠 무리는 소리만 질렀었다. 얼른 눈동자를 길게 풀었다. 경계하지 않겠다는 뜻이다. 길냥이가 말을 이었다.

"내 이름은 또롱이. 넌 남의 동네를 왜 기웃거리냥?"

"난 똣또. 흐흑, 기웃거리는 거 아니야. 난 아빠를 찾아왔다고, 크흥."

긴장이 좀 풀린 것인지, 눈가가 후끈거렸다.

"아빠~앙?"

"우리 아빠야. 털 색깔이 똑같았어. 그런데 나를 못 알아보는 것 같아. 어렸을 때 헤어졌거든. <u>으흐흐흥!</u>"

눈물이 주르륵 흘러내렸다. 아빠 때문만은 아니다. 온몸이 너무 아파 참을 수가 없다.

"아빠~앙?"

내 말을 두 번씩이나 따라 하는 길량이의 목소리가 다시 표독스러워졌다. 나는 얼른 꼬리를 세웠다. 금방이라도 달려들 것 같아서다. 하지만 '내옹 내옹, 냐옹!' 하며 몸을 낮췄다. 공격만은 말아 달라는 뜻이다. 울음 섞인 소리까지 내면서.

"누가 너의 아빤뎅?"

또롱이가 이번엔 목소리를 낮췄다.

"아까 만난 검은⋯⋯."

말을 멈췄다. 또롱이는 내가 당한 조금 전의 일을 알지 못한다. 그뿐만 아니라, 아빠라고 했던 고양이의 이름도 나는 모른다. 아빠를 어떻게 소개해야 할지 막막했다.

"말도 못 하는 너를 아빠인들 알아보겠엉?"

"말?"

"너, 말 못 하잖아. 캐캐캐가 무슨 말인지 아냥?"

"캐캐캐? 그게 말이냥?"

나는 눈을 크게 떴다.

"캐캐캐는 사냥하자, 혹은 사냥하러 왔냐는 뜻이야. 이게 고양이말이야."

"고양이말?"

"그래. 순수 우리말이지. 너, 고양이말 배운 적 없지? 넌 사람말을 쓰잖아. 고양이들하고 어울린 적도 없지? 아까 그 친구들은 사람들하고 안 어울려. 안 친해. 사람말은 배운 적도 없고. 그게 문제가 아니야. 빨리 여길 떠나야 해. 킹캉에게 걸리면 진짜 큰일 나! 빨리 집으로 들어가. 여긴 킹캉의 구역이라고."

"킹캉이 누군데?"

"대장 고양잉!"

"대장? 하얀 장화 신은 발? 우리 아빠가 킹캉? 윽!"

"아빠 아냐. 넌 지금 당장 여길 떠나야 해. 킹캉에게 다시 걸리면 큰일 나. 쫓겨난 게 아니면, 빨리 집으로 들어가."

"난 아빠를 찾으러 나왔단 말이야. 아빠 만나고 싶엉."

"털 색깔이 똑같으면 무조건 아빠냐? 아까 너를 공격한 킹캉은 너의 아빠가 아니야. 미국에서 온 고양이라고. 대장한테 다시 걸리면 넌 죽는다고. 그러니까 잔말 말고 여길 떠나. 빨리!"

"우리 아빠야. 아빠린 말이야."

"글쎄, 아니면 아닌 줄 알아! 여기까지가 킹캉의 영역이야. 걸리면 죽는다고! 빨리 뛰엉!"

또롱이는 그렇게 말하고 어딘가로 내달렸다.

"흑, 도대체 왜 아니라는 거야. 으음~힝."

몸을 일으켰지만, 한 발짝도 발을 옮길 수가 없었다. 욱신거리는 몸, 나를 알아보지 못하는 아빠가 야속했다.

6. 돌아온 또롱이

"내 이럴 줄 알았어. 이럴 줄 알았다공."

해가 저물고 있다. 나는 그 자리에 그대로 엎드려 있었다. 일어설 힘이 없어서다.

"일어나! 먹을 거 가져왔엉."

또롱이가 고깃덩어리를 물고 왔다. 무슨 고기냐고 물으려다 혓바닥으로 한번 쓱 핥았다. 처음 보는 맛. 쓰다. 형이 주던 약물 같다.

"얼른 일어나. 이러고 있으면 큰일 낭!"

내가 불쌍해 보였는지 또롱이가 다가와 그루밍을 해 줬다.

"빨리 먹어. 먹어야 도망가지. 여긴 잡히면 죽는 곳이야. 항상 도망갈 준비를 해야 한다고. 빨리 먹엉."

"!"

"이 고기 훔쳐 온 거야. 주인한테 잡히면 나도 같이 죽어. 빨리
여길 떠나야 행."

"엉?"

"먹지 않으면 굶어 죽어. 그래서 훔쳐서라도 먹는 거야. 걸리면
죽는 걸 알면서엉."

"……."

"밥 주는 사람 없으니깐. 먹을 것을 스스로 찾아야 하니깡."

"형이….."

말을 하려는 순간 또롱이가 나를 째려봤다. 눈이 휘둥그레진 나를 보며 또롱이가 다시 말했다.

"집으로 들어가."

"……."

말을 하다 말고, 나는 또롱이가 가져온 고깃덩어리를 먹기 시작했다. 배가 고파서가 아니다. 정신이 없어서 옆에 놓여 있는 먹이를 그냥 먹는 거다. 또롱이가 말했다.

"넌 여기서 못 살아. 할 줄 아는 게 없으니깡."

"……."

"너, 오늘 종일 굶었지? 냠냠 구하는 방법은 알아?"

고기를 핥다가 고개를 들었다.

"형이……."

"야. 형이 여기 어딨냥?"

"……."

"고양이말도 못 하면서 어떻게 살아! 말이 통해야지."

“말?”

“그래. 우리말. 말이 통해야 도움을 받든지 할 거 아냐. 더구나 우리 세계에서 수컷은 받아 주지도 않아. 킹캉을 이기고 새로운 대장이 되면 모를깡.”

“…….”

“사람을 믿지는 않지만, 집으로 들어가. 그래야 살 수 있어. 어서 강!”

“아빠는?”

“엉뚱한 소리 자꾸 할래? 내 말 들어봐! 네가 찾는 아빠는 여기 없어. 우리 킹캉, 힘센 검은 길냥이는…….”

나는 가만히 또롱이의 말에 귀를 기울이기로 했다. 아빠의 이야기를 들을 수 있기를 바라기 때문이었다.

“네가 아빠라고 하는 냥이를 우리는 킹캉이라 불러. 대장이라는 뜻이지. 하지만 진짜 대장은 따로 있어. 어렸을 때부터 킹캉을 길러 준 킹맘. 킹맘의 말이라면 킹캉도 껌벅 죽어. 떠나고 싶다는 킹캉을 잡은 것도 킹맘이야. 킹캉은 좀 포악해. 성격이 급해서 잠시도 가만히 있지 못하지. 외모는 너랑 비슷해 보이지만, 머리가 큰 미국 고양이야. 킹캉한테 잘못 걸리면 죽는다고!

아주 힘이 세거든. 몸이 아픈 친구라도 사정 안 봐줘. 대답 한 번 잘못해도 쌍코피 터진다고 보면 돼!"

다다다닥 말을 마치고 또롱이가 갑자기 하악질을 시작했다. 나도 엉덩이를 실룩거리며 전투태세를 갖췄다. 킹캉에게 당한 일이 많아서일까? 또롱이가 이번엔 두 발을 허공에 대고 허부벅 허부적 냥냥펀치⁵⁾를 날렸다. 제가 말해 놓고 제가 겁먹은 거다. 내 눈이 또롱이의 주먹을 따라 오르내렸다. 한참 만에 또롱이가 멋쩍은 듯 발을 내려놓았다. 나도 꼬리를 내려놓고 탕탕 몇 번 땅바닥을 두드렸다.

"킹캉은 사실 훌륭한 아빠였어. 전 여자 친구가 새끼를 낳고 죽었을 때, 혼자 다섯 마리의 아기를 키워냈징"

"뭐? 그때가 언제양?"

"왜? 그게 너 같아성?"

대답하지 못하고 슬며시 고개를 떨구었다.

"넌 아니냥!"

나는 꼬리를 곧추세웠다. 굳이 아니라고 하는 게 싫었다.

---

5) 냥냥펀치: 고양이가 앞발로 펀치를 날리는 행동.

"딱 보면 알아. 넌 우리나라 혈통이야. 거긴 미국 출신이라니깡."

"미국?"

"그래. 전혀 달라. 킹캉의 여자 친구는 얼짱, 우리의 마스코트였징."

"마스코트가 뭐냥?"

"쯔쯔, 사람말도 제대로 못 배웠냐? 우리를 대표한다는 뜻이야. 거긴 영국 출신이야. 장난치기를 무척 좋아해서 킹캉의 귀여움을 독차지해. 긴 털을 가지고 있지만, 추위를 많이 타서 아예 킹캉 곁에 붙어살았어. 애교는 또 얼마나 많았는지 닭살이양."

"영국?"

"그래. 이 동네에 외국 사람 많은 거 알지? 우리 세상도 똑같아. 나랑 제일 친한 페르시안은 느긋한 성격이야. 험상궂게 생겨서 다들 멀리하는 눈치지만 엄청 순하거든. 어제 너를 공격할 때, 내 친구는 뒤에서 어슬렁거리기만 했지. 킹캉한테 들키면 얻어터질 일이라서 눈치껏 행동한 거야. 사실은 킹맘이 우리 할머니야. 그 덕에 내가 버티는지도 몰라. 아니면 킹캉한테 걸려, 나도 고생 좀 했을 거얏.”

“뭐가 뭔지 모르겠다. 아이고.”

“그러니깡!”

나는 너무 헷갈려서 냥냥펀치를 날렸다. 아니다, 어떤 상황에
도 싸움만은 피하고 싶어서 그런 거다.

또롱이가 나를 뻔히 바라보며 말했다.

“너, 가족을 찾는다고 했지? 내가 바로 가까운 친척이야. 우리
가 떨어져 살아서 서로 누군지 몰랐지만…….”

“친척?”

두 글자. 친구와 비슷한 말이다. 기분 좋은 말인 게 분명했다.

“우리말부터 배워. 내가 도와줄 수 있는 건 여기까지. 나머진
네가 알아서 해. 나는 간당.”

또롱이가 어제처럼 쫓기듯 돌아섰다. 내가 급히 불렀다.

“또롱아!”

“나 바빠. 다시는 너를 만나지 않길 바란다, 냥!”

또롱이는 더 이상 나를 상대하지 않았다. 나는 또롱이의 뒷모
습을 멍하니 바라보았다. 달려가다가 갑자기 또롱이가 돌아서서
소리쳤다.

"빨리 집으로 돌아가. 냥이 말은 꼭 배워둬. 집사는 믿지 망!"

나는, 또롱이가 보이지 않을 때까지 그대로 서 있었다. 또롱이의 충고대로 집으로 돌아가야 한다. 하지만 도망 나왔는데, 다시 돌아가려니 자존심이 상한다. 그래도 가야 한다. 집 앞 쓰레기장까지 가면 무슨 수가 생길 거다. 하지만 거긴 킹캉이 자주 출몰하는 지역이다.

또롱이 말이 맞을까? 나는 한국 고양이고 킹캉은 미국 고양이라는 그 말! 그래서 나를 공격했나? 걸리면 죽는다고 한 건, 킹캉의 힘이 무지하게 세기 때문이라고? 무섭다. 발이 땅에 붙었는지 떨어지지 않았다.

겨우겨우 아파트 울타리까지 왔다. 찔레장미 숲으로 들어가 주위를 살폈다. 킹캉만 만나지 않으면 좋겠다. 킹캉은 늘 어스름 저녁에 무리를 이끌고 나타났었다. 그러니까 해가 떨어지기 전에 쓰레기장까지 들어가야 한다. 종이상자도 없을 텐데, 어쩌지? 몸이 떨리기 시작했다. 그래도 망설이면 안 된다. 무작정 서둘러야 한다. 용감해야 한다.

절룩절룩. 여기까지 오는 데 시간이 무척 오래 걸렸다. 하지만 쓰레기장까지 다리가 아픈 것도 잊고 뛰었다. 널브러진 종이상자

가 몇 개 보였다. 밑으로 파고들어가 보았다. 안 되겠다. 다시 주
위를 두리번거려 본다. 차라리 분리수거함 뒤로 숨는다. '어떡하
지?' 이대로는 킹캉을 피할 수 없다. 큰일이다. 그런데 이게 뭐지?
익숙한 냄새다. 형이 오고 있다. 형이다. 형이다.

"형냐옹!"

"야, 똣또! 인마, 어디 갔었냐. 내가 얼마나 찾아다닌 줄 알아?"

버리려고 들고나온 택배 상자를 팽개치더니, 형이 나를 끌어안
았다.

7. 즐거운 나의 집

"이제 좀 낫냐?"

한잠 푹 자고 났다. 날은 이미 어두워진 것 같다. 소리 나는 쪽으로 고개를 돌렸지만, 형이 보이지 않았다. 눈곱이 잔뜩 끼었기 때문이다.

"어유, 더러워!"

형이 물수건으로 내 눈을 닦아 주었다. 움직일 수 없다. 온몸이 아프다.

"이거라도 먹어라."

형이 간식을 입에 대 주었다. 홀짝홀짝 혀끝에서 꿀이 넘어왔다. 하지만 넘길 수가 없다. 고개를 떨구었다. 냠냠을 스스로 구해야 한다던 또롱이 말이 생각났다. '냠냠은 형이 주는 거야!' 속으로 말했다. 그때다. 형이 어깨를 툭 쳤다.

"냥! 냥! 냥!"

나는 연속적으로 비명을 질렀다. 어깨가 부서질 듯 아팠다. 먹을 때는 개도 안 건드리는 거라고, 그만큼 말했건만 형은 아직도 그 버릇을 못 고치고 있다. 세 살 버릇 여든까지 간다더니, 하필이면 아픈 어깨를.

"엇! 병원에 가 봐야겠다. 문 닫기 전에 빨리 가자."

"냥~!"

싫다. 집을 나가는 건 무조건 싫다. 병원이라야 우리 집에서 빤히 보이는 곳이지만, 그래도 싫다. 어두워지면 팔딱거리며 깨어나는 간판 속 생선을 맛볼 기회지만 싫다. 집을 나가는 건 딱 질색이다. 겨우 앞발을 들어서 냥냥펀치를 하며 싫다고 했다. '난 집이 좋다.' 소리친다. 하지만 형은 내 말을 듣지 않는다. 기어이 나를 병원으로 데려갔다.

"똣또 걱정은 말고, 당분간 넌 취직에나 신경 써. 그래야 똣또도……."

삼촌이 형에게 하는 말을 들었다. 형의 대답은 기억에 없다. 열

이 심하게 올라서 정신이 오락가락했다.

"삼촌이 잘 돌봐 줄 거야. 잠깐만 병원에 있어."

형은 집에 간다고 했다. 나도 가고 싶다. '잠깐이 얼마큼이지?' 나는 고개를 겨우 들고서 갸웃거렸다.

제법 병실이 큰데, 나 혼자 있다. 어깨에는 붕대를 감고, 등과 배에는 밴드를 붙였다. 어디에 묶어 놓았는지 꼼짝할 수가 없다. 그래도 아프지 않아서 살 것 같다. 며칠 동안의 일들이 TV에 나오는 동물의 세계처럼 지나갔다. 무서운 꿈이었다. 집에 가고 싶다.

깜빡 잠이 들었다 깨었는데, 언제 들어왔는지 옆에 등이 까만 고양이가 엎드려 자고 있었다. 다른 고양이와 함께 있는 건 처음이다. 공격이라도 하면 어쩌지? 걱정이다. 녀석이 의심스럽다. 겁이 났다.

'우리 삼촌 병원인데, 누구니?' 하고 말하고 싶다. 몸을 뒤척이고 싶은데, 꼼짝할 수가 없었다. 어쩌지? 녀석이 깨서 공격이라도 하면 난 꼼짝 없이 당할 거다. 나도 그냥 자는 척할까? 말을 걸면 어쩌지? 죽은 척하면 될까? 어쩌지? 나도 모르게 꼬리를 탕탕. 앗! 실수. 자던 녀석이 슬며시 얼굴을 들었다. 큰일 났다. 나도 모르게 고개를 들었다. 어깨가 찌릿. 고개를 숙이며 얼른 알랑방귀를 뀐다.

"너도 어디 다쳐서 왔니? 많이 아팡?"

조용조용 부드럽게 말을 걸었다. 고양이가 얼굴을 비비며 눈을 떴다. 대답은 안 하고 세수부터 한다. 기분이 별로인 모양이다. 녀석이 입을 삐쭉거렸다. 긴장되는 순간이다.

"난 다미. 원장님 댁에 살아. 원장님이 너랑 놀아 주랭."

"아우, 휴~."

"야. 너 때문에, 내가 이게 뭐니? 꼼짝 못 하공."

"엇?"

순간, 깜짝 놀랐다. 녀석이 몸을 일으키는데, 털 색깔이 나랑 똑같았다. 완전 쌍둥이다. 털 색깔이 똑같다고 아빠인 건 아니라던 또롱이 말이 떠올랐다.

"야! 너도 미국에서 왔냥?"

"아닌데. 난 너랑 같은 코리안 숏헤어! 왱?"

"나? 코, 코리안~? 아~앙."

코리안 숏헤어! 처음 듣는 말이다. 코리안 숏헤어! 킹캉이는 미국, 킹캉이의 여친은 영국, 또롱이 친구는 페르시안이라고 했다. 다미가 톡 쏘아붙였다.

"보나 마나 우린 할아버지가 같을 거야. 그래서 원장님이 나보고 너랑 놀아 주라고 했나 봥."

"그럼, 혹시 냥이말을 할 줄 알앙?"

"당연하지. 난 처음부터 집고양이였지만, 여기에는 별의별 친구들이 다 오니까. 웽?"

"난 우리말 모르거든……."

또롱이가 그랬다. 고양이말을 꼭 배우라고. 고개를 드는 것도 힘들었지만, 그래도 마음이 급했다. 지금이 기회다. 형이 금방 데리러 올지도 모르고, 삼촌이 다미를 언제 데려갈지 모른다. 빨리 말부터 배워야 한다. 나는 또롱이가 시키는 대로 할 거다. 남의 먹이를 훔친 적은 없지만, 또롱이가 훔쳐 온 고기를 먹었다. 언제든 도망갈 준비를 하며 살 거다.

"말 가르쳐 줄 수 있어? 친구가 꼭 배워 두랬엉."

"우리말은 할 줄 알아야지. 어렵지 않아. 단어 몇 개 외우면 됑."

"'#$%^&?'는 뭐양?"

나는, 킹캉이 내게 했던 그 말부터 알고 싶었다.

"'내 말 알아들어?'라는 말이양."

"아, 그렇구나. 그럼, 빨리 우리말 가르쳐 줘."

"단어 열 개가 기본이야. 나머지는 응용이양."

"아앙."

"냐옹, 냥, 캐캐캐, 으르릉, 크응, 우왕우왕, 미옹……."

얼른 따라했다.

"냐옹, 냥, 캐캐캐, 으르릉, 크응, 우왕우왕, 미옹……."

"그렇지. 이제 단어를 이어서 응용하면 돼. '우왕우왕 캐캐캐' 는 심심하다, 사냥이나 해 볼까? 이런 식이징."

"심심하다, 사냥이나 해 볼까? 우왕우왕 캐캐캐?"

"그래. 발음이 정확해야 해. 다른 말이 되거든. 다시 따라 해. 냐 옹, 냥, 캐캐캐, 으르릉, 크응, 우왕우왕, 미옹……. 잘 외웡."

"냐옹, 냥, 캐캐캐, 으르릉, 크응, 우왕우왕, 미옹……."

"아니, 아니. 하나씩 하자. 냐옹."

다미는 발음이나 단어의 높낮이, 소리의 크기가 조금만 이상해 도 아니라고 하면서 바로 잡았다.

"다미, 이름 참 예쁘다. 난 원래 수인인데, 똣또라고 불러. 난 형 하고 비슷한 이름, 수인이가 좋은뎅."

"똣또, 좋은데 뭐. 그런데 어쩌다 다친 거야? 말하는 걸 보니 집에서 사는 것 같은뎅?"

"그게……."

갑자기 눈물이 글썽. 말을 할 수 없었다. 집을 나와 이렇게 되었다고 말하려니, 바보 같은 짓을 한 내가 더 미웠다. 내 심정을 아는 다미가 먼저 말했다.

"우리말 모르고는 살아갈 수 없엉. 차라리 잘 됐지, 뭥."

"그래. 또롱이를 만나지 못했다면 우리말 배울 생각도 못 했을 거야. 아니, 난 여기까지 오지도 못했엉."

"아! 또롱이, 참 대단한 아이야. 너 말고도 또롱이 도움을 받았다는 친구가 있었엉!"

"밥은 그냥 형이 주는 건 줄 알았어. 사냥은 생각도 못 했어. 난 처음부터 형의 말을 배웠어. 형하고만 살아서 우리말이 따로 있는지도 몰랐엉."

"그래서 집을 나온 친구는 곧장 병원으로 오게 되는 경우가 많아. 병원까지만 오면 그래도 운이 좋은 거얏!"

"또롱이는 위험을 무릅쓰고 돕고 있었어. 먹을 것도 갖다주공!"

또롱이가 먹이를 훔쳐 왔다는 말은 하지 않았다. 눈물이 쏟아졌다. 보고 싶다. 고맙다.

"우리말엔 '돕는다'가 없어. 독립적으로 사는 게 우리의 운명이
야. 그런데 사람들에게 버려지는 경우가 많아지면서, 돕는 친
구가 생겨났어. 운명도 환경에 따라 바뀌나 봐."

"난 형의 도움으로 살았어. 형이 흙구덩이에 빠진 나를 살렸
대."

"나도 집냥이로 살다 버려졌어. 원장님이 나를 살렸지."

"우리말 가르쳐 줘서 고마웡."

"살아 있는 모든 생명은 평등하다! 원장님에게 배운 말이야. 아
픈 너에게 나를 보낸 것만 봐도 알겠징?"

"응!"

삼촌은 나를 알고 있을 것이다. 갓난쟁이로 형 집에 왔기 때문
에 고양이말을 배울 기회가 없었다는 것을. 고양이말을 모르면
친구를 사귈 수 없다는 것도 알고 있을 것이다. 또롱이는 사람을
믿지 말라고 했지만, 나는 믿는다. 삼촌도 믿고, 형도 믿는다.

다미와의 우리말 공부는 다음 날도 그다음 날도 계속되었다.
형은 영어 배우기가 무척 어렵다고 했는데, 다미는 나에겐 외국
어나 다름없는 우리말을 참 쉽게 가르쳐 줬다.

형이 말한 '잠깐'은 1주일이었다. 아쉬웠다. 헤어질 때, 다미는 '안녕! 다치지 말고!'라고 했다. 다시 만나지 말자는 뜻 같아서 눈물이 뚝 떨어졌다.

"나, 고양이말 배웠다. 다미가 가르쳐 줬어. 다미는 나와 쌍둥이양."

형과 눈이 마주치는 순간. 양양양~ 조잘조잘 말했다.

"짜식! 며칠 못 봤다고, 울긴 왜 울어."

형은 내 눈빛만 봐도 안다. 괜히 내가 신난 척해도 형은 내 눈물을 닦아 주었다.

형은 퇴원을 축하한다며 맛난 간식까지 준비해 놓았다. 하지만 형과 함께하는 장난감 놀이가 더 좋다. 이런 형을 버리고, 누군지도 모르는 아빠를 찾겠다고 집을 나간 건 내 실수다. 이젠 아무것도 부럽지 않다. 나를 도와주는 고마운 형, 아빠 같은 형이 있어서 좋다. 다시는 안 나갈 거다.

8. 세상에서 제일 좋은 형

창가에 앉아서 학교에 간 형을 기다렸다.

"앗! 킹캉이당!"

나도 모르게 꼬리를 내리고 그 자리에 발라당 드러눕고 말았다. 항복의 표시다. 가슴이 덜덜덜, 정신이 없다.

"이건 아니징."

한참 만에 슬며시 일어났다. 여긴 내 집인데, 밖에 있는 킹캉이를 두려워하다니. 본 사람은 없지만, 괜히 쑥스럽다. 마음공부를 좀 해야겠다. 그루밍을 시작한다.

'아! 맞다. 또롱이.'

킹캉이는 또롱이의 대장이다. 또롱이도 따라왔을 거다. 하지만 창문 밖을 내다볼 용기가 나지 않는다. 킹캉이 무섭다. 아니다. 이럴 땐 용감해야 한다. 숨을 한 번 크게 쉬고 잠깐 그루밍을 한다.

살며시 고개를 내밀어 봤다. 또롱이가 보이지 않는다. 앞발을 유리창에 대고 서서 이리저리 살핀다. 역시 없다. 또롱이가 왜 보이지 않는 걸까? '다시 만나지 않길 바라!' 또롱이가 했던 말이 떠오른다. 왜 그럴까? 보고 싶다, 또롱이!

애간장 떨어지는 줄 알았다. 또롱이를 다시 보게 된 건 이틀째 되던 날이었다. 나는 그 이틀 동안 창문에 붙어서 살았다. 잠시도 눈을 떼지 않았다. 혹시 몰래 나를 도와준 것이 들통나 킹캉에게 혼난 건 아닐까? 한 대 맞으면 죽을 수도 있다고 했는데. 내게 가져왔던 고깃덩어리 주인에게 잡힌 건 아닐까? 꼭 와야 할 텐데. 별별 걱정을 다 했다. 조마조마 눈물이 났다.

그런데 또롱이가 왔다. 또롱이가 눈에 확 들어왔다.

"또롱! 또롱!"

내가 소리 지르자 무리 속에서 어슬렁거리던 또롱이가 고개를 든다. 내 목소리를 들었나 보다. 또롱이가 고개를 갸웃거리며 먼 산을 봤다.

"또롱! 여기야, 여기. 나, 우리말 배웠어. 우왕우왕 캐캐캐. 내

말 들령?"

나는 또롱이를 향해 목이 아프도록 소리쳤다. 그러나 또롱이는 여전히 고개를 갸웃거릴 뿐이다. 괜히 가슴이 찡, 슬프다. 또롱이를 만나고 싶다. 아니, 집은 안 나간다. 창문으로 또롱이를 볼 수 있어서 좋다. 으흐흑, 난 왜 이렇게 눈물이 많은지 모르겠다. 또롱이가 킹캉 무리와 함께 어디론가 몰려가고 있었다.

"내일 또 올 거지? 기다릴겡."

눈물을 찔끔거리고 있는데 형이 돌아왔다. 나는 형을 향해 실눈을 떴다. 형과 눈을 맞춘다. 고맙다는 뜻이다. 형이 내 목을 간질인다. 발라당 드러누웠다. 놀아 주는 형이 있어 좋다.

"형! 또롱이 봤다. 너무 반가워서 눈물이 났당."

신나서 냥냥냥 소리쳤다. 형에게 뭐든 말하고 싶다. 형은 '우쭈쭈' 하면서 나를 안아 주었다.

"냠냠 먹었냐?"

형이 내 배를 만졌다. 너무 간지러워서 '냐웅!' 소리 지르고 빠져나왔다.

"운동은 좀 했냐? 이리 와 봐."

형이 나를 잡고 다리를 주물렀다.

"힘을 기르려면 하루에 열 번 이상 뛰어야 한대. 힘이 좋아야 대장도 될 수 있고. 우다다, 우다다. 알지?"

"대장?"

"건강해지려면 운동이 최고야! 우다다 알지?"

형이 나를 내려놓고 방바닥을 톡 쳤다.

"출발!"

나는 형의 구령 소리와 함께 캣타워로 뛰어올랐다. 형이 하는 말을 나는 뭐든 다 알아듣는다.

"그렇지. 잘한다. 열 번이야, 열 번!"

아! 알았다. 열 번이라는 말은 계속 반복하라는 뜻이다. 타워에서 냉큼 뛰어내렸다. 방을 한 바퀴 다다다다 돌아 휙휙 타워로. 다시 뛰어내렸다가 타워로. 형이 하나, 둘 숫자를 센다.

"한 번 더!"

형이 소리칠 때마다 타워로 오른다. 다시 휙! 내가 숫자를 세지 못해서 답답하다. 다음엔 형에게 좀 배우든지 해야겠다. 타워에서 뛰어내려 거실을 돌아오는데 형이 팔을 벌렸다. 이제 그만해도 된다는 뜻이다. 형 가슴으로 뛰어올랐다.

"캐캐캐!"

가슴이 뛴다. 사냥하고 싶다. 킹캉에게 쫓겨 달아나던 날에는 아무 생각 없이 죽기 살기로 뛰었다. 하지만 지금은 다르다. 들쥐 한 마디 왕! 움켜쥐고 싶다.

"똣또! 잘했어. 매일 하는 거다. 이게 너의 맞춤 운동이야!"

"좋아, 형!"

형이 기분 좋게 웃었다. 나는 얼른 형 옆으로 가서 힘차게 엉덩이를 비벼댔다.

깊은 밤이다. 형이 잠든 틈을 타 영역 표시에 나섰다. 이상하게 내 냄새가 사라지는 것 같다. 내 구역 전부를 꼼꼼하게 돌아다닌다. 형의 옷에도 마찬가지, 잠든 형 옆으로 가서 이불 위에서 뱅그르르 한 바퀴 돌았다. 만세를 부르고 나서, 잠든 형의 팔에도 부비부비. 살짝 열린 방문 틈으로 나가 화장실까지 꼼꼼하게 살핀다. 새로 들인 의자에는 좀 더 진하게 찍! 오줌 스프레이.

할 일을 끝내고 타워로 올라가 꼬리를 탕탕. 생각에 잠겼다. 대장 킹캉의 영역은 진짜 넓었다. 말이 통했다면 킹캉이 공격했을까? 모두가 한꺼번에 나를 침략자라고 떠들어 댔으니까, 말해도 듣지 않았을 거다.

우리말을 배운 것은 정말 다행이다. 처음 만났을 때, 킹캉도 내게 뭔가를 물었었다. 무슨 말인지 몰라, 나는 대답하지 못했다. 성질 급한 킹캉이 답답해서 와락!

"아앗!"

지나간 일을 생각했을 뿐인데, 갑자기 어깨가 우지끈 부러지는 것처럼 아팠다. 또롱이가 집에 들어가라고 했던 이유를 알 것 같다. 친구들과 힘을 합하지 않으면 살 수 없다고 했다. 야생에선 냠냠 주는 형이 없고, 먹기 위해 사냥을 하는 거라고 했다. 나는 그런 세상을 한 번도 생각해 본 적이 없다.

또롱이 말은 모두 맞다. 사람을 믿지 말라는 말만 빼고 말이다. 나는 무조건 형을 믿는다. 형이 잠들어 있는 침대로 올라가 자리를 잡았다. 구르밍을 시작한다. 빨리 아침이 되었으면 좋겠다.

해가 높이 떴지만, 형은 아직 꿈나라에 있다. 지독한 잠꾸러기다. 나는 침대로 올라가 꾹꾹이를 하기 시작했다. 깨우려는 것이 아니다. 형은 꾹꾹이를 좋아한다. 형이 일어나면 거실로 나가 장난감 놀이를 할 거다. 며칠 사이, 집안 곳곳이 모두 낯설다. 오줌 스프레이를 한 번 더 꼼꼼히 해야겠다. 늦도록 형은 일어나지 않았다.

"게으름 그만 피우자, 형. 취직도 해야 한다며? 누가 이기나 해

뵹!"

골골송을 시작한다. 시끄러우면 일어나겠지.

골골송으로 안 돼서 "냐옹~."

드디어 형이 일어났다. 눈이 마주치자, 형이 내 머리를 툭 건드리며 웃었다.

"냥!"

내가 형에게 아침 인사를 했다. 형이 또 한 번 웃으며 내 목을 간질였다. 밤새 배가 홀쭉해졌지만, 냠냠을 달라고 보채지 않을 생각이다. 형이 알아서 줄 테니까. 일어나자마자 형이 내 물그릇을 챙겼다. '핥~핥~.' 시원한 냉수였다. 형이 침대를 정리하는 동안 방을 어슬렁거리기로 했다. 한 바퀴 빙. 오! 상큼한 냄새 싱싱한 고기다.

냠냠을 꺼내려던 형이 급하게 화장실로 뛰어간다. 나는 화장실 문 앞에서 형을 기다린다.

"양!"

적당히 처리하고 나오라고 소리친다. 배고파서가 아니다. 도대체 형은 화장실에서 뭘 하는 건지, 똥만 누는 거라면 시간이 너무 길다.

"양~양~."

자꾸 소리쳤다. 빨리 나오라는 뜻이다.

"똣또! 아, 짜식."

형이 나왔다.

'우앗! 똥 냄새.'

휙 돌아섰다. 오늘따라 더 지독하다. 우리는 감쪽같이 처리하는데. 으이구, 냄새! 사람들은 똥을 어떻게 처분할까? 똥 냄새와 함께 '우둥탕탕 촤르륵' 물소리가 나는 게 신기하다.

"냠냠 줄게. 아, 짜식! 보채기는."

억울하다. 화장실에서 너무 늦게 나와 걱정한 것인데, 보챘다고 한다.

"근데 형, 왜 자꾸 짜식 짜식 욕하는 건뎅?"

"냠냠 준다고! 인마!"

"형, 좋은 말로 하장!"

"알았어. 준다고! 인마!"

"욕하지 말자니깡!"

"자자. 옛다! 까만 단추."

"까만 단추라니. 남의 밥을 그런 식으로 표현하는 건 아니지!

형, 냥냥이라 해 줄랭?"

형이 나를 힐끗 보기만 한다. 내 말을 알아듣지 못한 것 같다.

"형! 자꾸 이러면 침대에다 실례할 거당!"

역시 형은 알아듣지 못했다. '씁!' 밖에 나갔을 때 고양이말을 못 해서 죽느냐 사느냐를 겪었는데. 형에게도 고양이말을 가르쳐야 할 것 같다. 방법을 찾아야겠다. 점잖게 앉아 꼬리를 탕탕.

아무리 생각해도, 형에게 말을 가르칠 방법이 없다. 앞다리를 쭉 펴고 엉덩이를 높이 올렸다. 한참 후에 허리를 둥글려 몸을 털었다. 형은 사람말도 하고 영어도 하니까, 고양이말은 안 해도 괜찮을 거다. 혹시 고양이말을 못 해 구박받게 된다 해도, 그건 형이 알아서 할 문제다. 형은 똑똑하니까. 나를 데려왔다고 불같이 화내던 엄마에게 허락도 받아 냈으니까. 나는 형을 믿는다.

"우리 뚯또를 위해서라도 내가 취직을 빨리……."

형이 내 손을 잡고 흔들었다.

"형! 힘들어 보인다. 어쩌냥?"

내가 알면 도와줄 수 있을 텐데, 형은 고민을 털어놓지 않는다.

9. 나는 형을 믿어

"안 돼요. 책상 하나 겨우 들어가는 데서 어떻게 살아?"

형이 전화 받고 있다. 그런데 곤란한 일이 생긴 것 같다.

"다음 주에 수리 끝나면 새 주인이 바로 이사 들어온댔어. 두 달 전에 내가 이미 말했다!"

형의 휴대폰에서 엄마 목소리가 크게 흘러나온다.

그로부터 얼마 후, 형이 공부하다 말고 볼펜으로 책상을 톡톡 톡 쳤다.

"어떡하지?"

"왜~앙?"

책꽂이에 올라가 목을 비틀고 내려다보는데, 형이 소리쳤다.

"네가 문제라고. 짜샤!"

"나~양!"

올빼미처럼 둥그레진 형의 눈을 보고 놀라서 방바닥으로 뛰어내렸다. 정신이 아득했다.

"형! 내가 문제양?"

형은 대답하지 않았다.

형은 나에게 그렇게 소리 지른 적이 없다. 쌀쌀맞게 대한 적도 없다. 나는 캣타워로 올라가 가만히 엎드렸다. 괜히 몸이 부들부들 떨렸다. 킹캉에게 쫓기던 날이 생각났다. 눈물인가 싶었는데, 콧물까지 엉겼다.

형이 문을 쾅 닫고 방에서 나갔다. 얼마나 세게 닫았는지, 문이 다시 열렸다. 현관문 닫히는 소리가 쾅! 하고 들렸다. 형이 밖으로 나간 것이다. 나는 형의 의자에 올라가 엎드렸다. 형의 냄새가 좋다. 형의 기분이 빨리 좋아지길 바라면서 가만히 기다렸다. 자꾸만 눈물이 났다.

늦게 돌아온 형은 내게 눈길도 주지 않았다. 내가 무슨 잘못을 했지? 형이 왜 화가 났는지 모르겠다. 그날 이후, 형이 밖으로 나갈 때마다 집에 있던 물건이 하나둘 없어졌다. 쓰레기장으로 나

가는 것 같았다.

"출발!"

오랜만에 형이 운동하자며 출발을 외쳤다. 나는 캣타워로 몸을 날렸다.

"열 번."

형의 구령에 힘이 없다. 나는 숫자를 알지 못하기 때문에 무작정 뛴다. 하지만 형의 구령은 오래가지 않았다. 형의 표정이 슬퍼 보인다. 나는 캣타워에서 내려와 거실을 빙빙 돌며 어슬렁거렸다.

"에이!"

형이 의자에 주저앉더니 책상에 엎드렸다. 걱정이 있나 보다. 취직 때문일까? 형 방은 이제 텅 비어 쓸쓸하다.

또 한 번 휙, 외출에서 돌아오더니 형이 나를 꼭 껴안았다. 무슨 일인지 모르겠다. 형이 눈물을 흘린다.

"형. 안~냥. 왜 그래? 안~냥."

형이 나를 무릎에 잘 앉히더니 무얼 먹이려고 했다. 쓴 물 같았다.

"아냐. 난 어깨 다 나았다공!"

내가 등을 말고 도망치려 했지만, 소용없었다. 형은 강제로 내 입을 벌리고 목 깊이 쓴 물을 쭉 짜 넣었다. 언제나 그랬던 것처럼, 그 약을 먹고 나는 잠이 들었다.

시간이 얼마나 지났을까? 잠에서 깨었는데, 온몸이 묶여 있는 듯 갑갑했다. 그때다. 코끝으로 밀려드는 쓰레기 냄새.

"무슨 냄새징?"

펄쩍 겁이 났다. 내가 밖에 나와 있는 것 같다. 다리를 쭉 펴고 조금씩 몸을 움직여 봤다. 무섭고 겁나지만, 기지개를 켜듯 조금씩 팔다리를 늘리며 벽을 밀었다. 내 공간이 늘어나는 느낌이 들었다. 꼬물꼬물 더 밀어내자 벽이라고 생각했던 종이상자가 뜯어지기 시작했다. 내가 종이상자에 갇혀 있었던 거다. 나는 상자를 부욱 찢어 버리고 밖으로 나왔다. 내가 있는 곳은, 우리 아파트 앞 쓰레기장이었다.

"내가 왜 쓰레기장에 있는 거징?"

하지만 다음 생각이 이어갈 틈이 없었다. 나와 닮은 검은 녀석이 두리번거리고 있었기 때문이다. 녀석이 나의 냄새를 맡은 것 같았다. 나는 숨을 죽이고 가만히 있었다. 조금만 움직여도 소리로 찾아낼 것이었다. 고개를 갸우뚱거리던 녀석이 자리를 떠났

다. 나는 안다. 녀석은 곧 무리를 데리고 돌아올 것이다.

아니나 다를까, 녀석이 무리를 이끌고 왔다. 나를 찾아내려고 사방을 휘젓고 다녔다. 무서웠다. 도대체 어떻게 된 거지? 내가 왜 쓰레기장에 와 있는지 모르겠다.

녀석들이 나를 찾지 못한 건 다행이지만, 꼼짝할 수가 없었다. 집으로 가야겠다. 킹캉 무리에게 들키지 않으려면 재빨리 뛰어야 한다. '하나둘, 하나둘.' 몇 번 호흡을 조절하고 계단으로 뛰어들었다.

너무 급하게 달려서 내가 몇 층까지 올라왔는지 알 수 없었다. 현관 앞에 오줌 스프레이를 뿌려두었으니 금방 찾을 수 있을 것이다. 한 계단 아래층으로 내려가 현관 밑으로 코를 넣었다. 지독한 김치 냄새. 맵다. 얼른 코를 떼고 한 층을 다시 오른다.

이번엔 구린내, 청국장, 나도 아는 냄새다. 이런 음식을 맛있다고 하는 사람들이 이해 안 간다. 다시 한 층 더 올라가 냄새를 맡는다. 물고기 비린내. 군침이 돈다. 하지만 소금이 잔뜩 밴 짠 냄새 때문에 구토가 올라왔다. 역시 이것도 먹을 게 못 된다. 다시 걸음을 옮겼다. 계단을 다 오르지 않는데, 익숙한 냄새가 나기 시작했다.

"역시!"

갑자기 뒷발에 힘이 붙었다. 내 힘으로 집을 찾아온 게 대견하다. 형의 집. 아니, 내 집. 그런데 현관문이 활짝 열려 있고, 집은 텅 비어 있다.

"어떻게 된 거지?"

살며시 안으로 들어갔다. 내 뒤를 따라오는 소리가 있다. 겁에 질려서 달아날 준비를 하며 몸을 잔뜩 움츠렸다.

"에잇! 도둑고양이!"

한 번도 만난 적이 없는 아저씨가 갑자기 나에게 몽둥이를 휘둘렀다.

'아저씨, 여기 내 집이거든. 나, 도둑고양이 아니양!'

딱 버티고 대들려다가 그냥 도망쳤다. 또롱이가 그랬다. 사람을 믿지 말라고. 이럴땐 피하는 게 최고다. 계단으로 뛰어 올라가서 서성이는데 잠시 후, 아저씨가 집에서 나와 망치를 들고 계단을 내려갔다.

나는 살금살금 내려왔다. 문이 닫혔다. 긁어 보지만, 열어주는 사람이 없다. 나는 안다. 형은 책상 하나 겨우 들어가는 집으로 이사 간 거다.

형이 데리러 올 거다. 형은 나처럼, 아빠를 찾아간 건 아닐 거
고, 오직 나를 데리러 올 거다. 이런저런 생각으로 계단을 오르자
넓은 옥상이 나왔다. 형이 살 만한 곳은 아니었다. 대신 형의 방
에서 내려다보던 풍경이 나타났다. 소나무가 보이고, 쓰레기장이

보이고, 사람들이 엄마처럼 오고 갔다. 아파트 화단에 화려하게 피는 장미 넝쿨도 보이고, 그리고……. 그때, 누가 부르는 소리가 나서 뒤를 돌아본다.

"헤이~~."

눈 깜박할 사이에, 나와 비슷하게 생긴 녀석들에게 둘러싸였다.

"자, 잠깐만. 나, 갈게. 자, 잠, 자……."

얼마 전에 배운 고양이말을 해 보려는데, 부들부들 떨려서 제대로 나오지 않았다. 어깨를 낮추고 바짝 엎드렸다. 꼬리도 말았다. 절대 항복한다는 뜻이다. 점잖고 정중한 인사로 다가가 엉덩이 냄새를 맡으려 했지만, 녀석들은 이미 흥분 상태. 내가 자기네 영역에 쳐들어온 침략자라며 떠들어 댔다.

"시, 시간을 줘. 잠시만……."

뒤늦게 연락받았는지, 킹캉이 장군처럼 나타나 내 앞에 섰다.

"너, 나 알지? 혼이 덜 났군. 감히 여기가 어디라공."

"아니요!"

항복한다고 말하기도 전에, 킹캉의 뒷다리 편치가 날아와 얼굴을 강타했다. 너무나 많은 녀석이 떠들어대는 바람에 제대로 알

아듣지 못했지만, '공격!'이란 말은 들었던 것 같다. 무자비한 공격이었다.

또롱이가 그랬다. 녀석들과 다시 만나면 큰일 난다고. 문득, 힘이 있으면 대장이 된다던 형의 말이 떠올랐다. 나는 열 번씩 타워에 오르던 그 힘으로, 있는 힘을 다해 위쪽으로 튀어 올랐다. 갑작스러운 반항에 녀석들이 놀랐는지 주춤했다

"아이고, 이놈의 고양이들! 저리 가라. 이놈들!"

경비원 아저씨의 목소리가 들렸다. 갑자기 녀석들이 확 흩어졌다. 내 몸이 쿵 바닥으로 떨어졌다. 피비린내가 코끝에서 진동했다. 형을 기다리지 못하고 내가 죽는구나. 눈을 감았다.

10. 또롱이와 뚯또

"살리기 힘들겠어!"

누군가의 목소리가 아득하게 들려왔다. 형을 만나야 한다고 생각하는 순간, 다시 정신을 잃었다.

"아파트 옥상에 고양이 소굴이 있는 줄 누가 알았겠어요!"

다시 깨어났을 때 들은 말이다.

"꼭 이 애를 입양하겠다고요?"

동물병원 원장님의 목소리가 분명했다. 아, 다행히 내가 살아 있다. 눈을 가만히 떴다. 원장 선생님과 처음 보는 여자아이, 그리고 간호사가 서 있다.

"목을 다치진 않았는데, 소리를 못 내요!"

간호사가 여자아이에게 말했다.

"상관없어요."

여자아이가 말했다. 얼굴이 동글동글한 예쁜 아이였다. 아이가 다시 온다며 손을 흔들었다. 겁이 났다. 나는 형의 집으로 가야 한다.

시간이 얼마나 흘렀는지 모르겠다. 병원에서 여러 날을 보낸 것 같다. 여전히 내 목소리는 나오지 않았다. 말을 하지 못하는 것으로 나의 최종 진단이 내려졌다. 이상하게 말이 안 된다. 아무려면 어때. 운 좋게 새로운 가정으로 입양될 예정이고. 나는 가만히 엎드렸다.

입양을 하루 앞두고, 병원 사람들이 나에게 축하 파티를 열어 주었다. 내게 꽃목걸이도 걸어 주었다. 그제야 알았다. 내가 한쪽 다리를 전다는 사실을······.

그리고 나를 입양하는 여자아이도 한쪽 다리를 절었다.

"내 이름은 수진이. 네 이름은 진. 내 이름을 따서 지었는데, 맘에 들어?"

눈물이 나왔다. 내 이름은 수인이다. 형의 이름은 수현이.

"왜 자꾸 울어. 이제부터 행복하면 돼!"

수진이가 내 얼굴을 쓰다듬었다. 간호사가 나를 바퀴가 달린 이동 바구니 속에 넣어 주었다. 나는 가만히 엎드렸다. 배가 사르르 아팠다. 형 생각이 났다.

수진이가 끌고 가는 이동 바구니가 많이 덜컹거렸다. 아무래도 상관없다. 내 머릿속은 오로지 형뿐이다.

형은 흙구덩이에 빠진 나를 구했다. 그때 형은 왜 나를 집으로 데려왔을까? 데려오지 않았다면, 나는 어떻게 되었을까? 형이 주

었던 연어 맛 간식이 생각난다. 뼈를 튼튼하게 해야 한다면서, 형은 간식을 먹게 한 다음 타워에 열 번 올라가게 했다. 힘이 있어야 대장도 될 수 있다고 했다.

내가 아빠를 찾아 집을 나왔던 건, 형의 아빠가 부러워서였다. 형과 꼭 닮은 아빠. 그래서 나와 꼭 닮은 아빠를 찾아 나섰던 거다. 하지만 아빠는 없었다. 또롱이가 그걸 가르쳐 줬다. 또롱이는 우리말을 배워야 한다고 했고, 그 덕에 고양이말도 배웠다. 하지만 떼로 달려드는 녀석들에게 말은 아무 소용이 없었다. 집 밖은 무진장 위험했다. 흐흐흥냥. 눈물 콧물이 범벅되었다.

어디서 나를 부르는 소리가 난다.

"똣또. 똣또. 냥! 냥냥!"

소리 나는 쪽으로 눈을 돌렸다. 또롱이였다! 주르르 눈물이 쏟아졌다.

"이번엔 또 무슨 일이야? 형은?"

"……."

"내가 뭐래? 사람은 믿지 말랬지?"

"흐윽!"

"울지 마. 난 우리 아파트 쓰레기장 뒤에서 살아. 제법 안전한 곳이야. 집을 나오게 되면 그리로 와. 아무도 모르는 장소라서 위험하지 않아."

대답 대신 눈물이 주르륵. 또롱이는 곧 달아났다. 왜 또롱이는 깡깡의 무리에서 나왔을까? 나를 만나고 다니는 걸 킹캉에게 들킨 걸까? 눈물이 또 울컥.

"엄마! 캣타워는 언제 사 줄 거야?"

수진이는 나를 위해 무엇이든 다 해 주려고 했다.

"다음 달에 사면 안 될까?"

"싫어. 당장 사 줘. 앙앙."

고집불통.

"알았어. 수진아."

수진이가 사는 곳은 아파트 10층이었다. 집에 들어오자마자 나는 창밖부터 살폈었다.

"오!"

내가 살던 아파트가 보였다.

"병원에 있는 동안, 형이 나를 데리러 왔다가 찾지 못했으면 어쩌지? 형이 무척 속상했겠다."

내가 또 도망쳤다고 생각했으면 엄청 실망했을 거다. 다시는 나를 찾지 않을지도 모른다. 보고 싶다. 형! 형!

며칠이 지났다. 수진이는 나를 아예 껴안고 산다. 그게 나를 괴롭히는 행동인 걸 모르는 것 같다. 형은 그러지 않았는데.

문득, 사람을 믿지 말라던 또롱이 말이 떠올랐다. 맞다. 형이 아닌 다른 사람을 나는 믿지 않기로 한다. 수진이도 믿지 않을 거다. 빨리 이 집을 떠나야겠다. 집 밖으로 나가는 게 얼마나 무서운지 알고, 그게 목숨을 건 일이라는 것도 나는 안다. 그래도 나갈 거다.

아파트 주변에 고양이가 너무 많다. 그게 걱정이다. 아파트 소굴을 어떻게 빠져나갈지. 울타리를 벗어나기도 전에 저들 무리에게 걸리면 끝장이다. 절룩거리는 다리도 문제다. 하지만 아픈 건 신경 쓰지 않기로 한다.

여길 나서면 또롱이가 일러준 곳으로 갈 생각이다. 나도 또롱이를 도울 거다. 세상 밖으로 나오면 절대로 살 수 없는 친구들에게 말도 가르쳐 주고, 먹이를 구하는 법도 알려줄 거다. 나 역시, 아직은 먹이를 스스로 구해 본 적이 없지만, 해 볼 거다. 또롱이를 만나기 전에 킹캉을 만날 수도 있다. 상관없다. 어려움이 부닥치면 물리칠 거다. 아파트 근처에 살면, 형을 만날 수 있다는 기대도 버리지 않을 거다.

다리가 아픈 수진이는 현관문을 연 다음 목발을 찾는다. 미안한 일이지만, 정들기 전에 여길 떠나야 한다. 빨리 떠나는 게 나를 입양해 준 수진이에게 내가 할 수 있는 최대한의 배려다.

그게 오늘이었다. 수진이가 목발을 놓고 현관문을 여는 순간 내달렸다. 무조건 달린다. 아파트 계단에서 마당을 건너는 시간은 단 몇 초. 녀석들이 눈치채기 전에 떠나려면 빠르게 달려야 한다. 이미 두 번이나 경험했다. 무조건 뛴다.

운이 좋았다. 내가 동네 고양이들의 눈에 띄지 않고 달려와 또롱이를 만난 것. 하지만 헉헉거리는 나를 보고 또롱이의 눈이 동그래졌다. 순간 목소리가 튀어 나왔다.

"네가 사람을 믿지 말라고 했잖아?"

"사람에게 버림받으면 오라는 것이지, 도망 나오라고 한 말은
아니었어. 바깥세상 사는 게 얼마나 위험한지 알징?"

또롱이가 한숨을 쉬었다. 그래도 다시 그 집으로 돌아가라는 말은 하지 않았다.

"나도 너처럼 살고 싶엉."

내 말에 또롱이는 어려운 일이라고 잘라 말했다. 또롱이 조용

히 제 이야기를 꺼냈다.

"난 이 동네에서 태어나 일 년쯤 길냥이로 살다가 입양되었어. 주인은 정말 좋은 언니였엉."

나는 '우리 형도 좋아.'라고 말하려다 그만두었다.

"일 년쯤 살았나 봐. 언니가 도시에 있는 대학에 진학하면서 문제가 생겼어. 나를 데려가지 않았거든. 나는 마당 밖 문간에 버려졌징."

"버려져?"

벌떡 몸을 일으켰다. 수백 개의 바늘이 한꺼번에 온몸을 찌르는 듯 아팠다. 형이 이사 가면서 문제가 생겼다. 그래서 내가 쓰레기장에 버려진 거다.

'아니야, 아니야!'

고개를 흔들었다. 어지러웠다. 또롱이가 다가와 가만가만 내 어깨를 비볐다. 내가 울음을 그칠 때까지 또롱이는 이야기를 멈추고 기다려 줬다.

"처음엔 나도 견딜 수 없이 슬펐어. 며칠을 종일 울기만 했지. 밥도 먹고 싶지 않았어. 하지만 현실을 받아들이기로 한 거야. 그제야 내가 보였어. 나는 걸을 때 어기적거렸는데, 운동은 안

하고 먹기만 해서 그랬던 거야. 그대로 두면 무서운 병에 걸린다고 했어. 그때 생각했지. 버려진 게 다행이라고. 뭐, 그 바람에 다이어트에 성공했으니까. 이것 봐랑."

또롱이가 앞다리를 쭉 펴 보이더니 발라당 드러누웠다. 홀쭉한 배를 보여 줄 속셈인 것 같았다.

"사실 뭐. 그때 나도 우리 할머니 킹맘을 만났으니 살았지. 킹맘 아니었으면 어떻게 되었을지 몰라."

나는 방아깨비처럼 고개를 끄덕였다.

"문제는 킹캉이야. 사람에게 버려져 살기 어려워진 친구들을 보살펴야 하는데, 말도 못 하는 친구들을 무조건 도둑으로 몰아서 쫓아내려고 하니, 원. 그새 우리말을 배웠넹?"

"응. 병원에 있는 동안 다미란 친구를 만나서……."

"잘했어. 항상 쫓긴다는 것 잊지 마. 정신 똑바로 차리공."

"응. 각오했엉."

"괜찮겠엉?"

또롱이가 절뚝거리는 내 뒷다리를 눈으로 가리켰다.

"형을 원망하지 않을래. 세상에서 제일 좋은 형이니까."

"그래. 그러장."

또롱이의 목소리에도 울음이 섞였다. 붉은 노을에 반사되어서인지 또롱이의 눈이 빨갛다.

"밥은 내 힘으로 구해 볼겡."

말은 그렇게 했지만, 얼마나 버틸 수 있을지 자신이 없다. 눈물이 났다. 달아오른 눈이 뜨겁다. 나는 또롱이에게 붉어진 눈을 보이지 않으려고 반대편으로 고개를 돌렸다.